态案中的

张国风 著

天津出版传媒集团

天津人民出版社

图书在版编目（CIP）数据

公案中的世态 / 张国风著 . –– 天津 : 天津人民出
版社 , 2019.8
（大家小札系列）
ISBN 978–7–201–15126–7

Ⅰ . ①公… Ⅱ . ①张… Ⅲ . ①侠义小说 – 小说研究 –
中国 – 古代 Ⅳ . ① I207.419

中国版本图书馆 CIP 数据核字 (2019) 第 185981 号

公案中的世态
GONGAN ZHONG DE SHITAI

出　　版	天津人民出版社	
出 版 人	刘　庆	
地　　址	天津市和平区西康路 35 号康岳大厦	
邮政编码	300051	
邮购电话	（022）23332469	
网　　址	http://www.tjrmcbs.com	
电子信箱	reader@tjrmcbs.com	
责任编辑	李　荣	
特约编辑	季　洁	
装帧设计	UNLOOK · @广岛Alvin	
制版印刷	北京金特印刷有限责任公司	
经　　销	新华书店	
开　　本	880×1230 毫米　1/32	
印　　张	5.25	
字　　数	168 千字	
版次印次	2019 年 8 月第 1 版　2019 年 8 月第 1 次印刷	
定　　价	36.00 元	

序

1981年11月，我来到羊城中山大学中文系任教。1985年，我去北京大学攻读博士。导师是吴组缃先生。读博期间，得到刘逸生先生的盛情邀请，参加了《小说轩》的写作。《小说轩》是漫说中国古典小说的一套丛书，由刘逸生先生主编，分期分批地陆续出版。刘先生先后给我的任务是完成两本书的写作。一本是《浮世画廊——儒林外史的人间》，另一本便是《公案小说漫话》。

对于写作的体例，刘逸生先生并没有提出太多的要求，他给了我最大的自由。于是，我也就根据自己的兴之所至选择了非常自由的风格，谁知后来竟成为我小说鉴赏的稳定的风格。其中的得失，我至今没有去多想。

我从小喜欢看侦探小说。那时能够看到的都是前苏联的侦探小说，譬如《前线附近的车站》《西伯利亚狼》《民警少校》《红色保险箱》等，看得兴趣盎然。至于西方的侦探小说，是改革开放以后读到的。因为这个原因，我对古代的公案小说也很感兴趣。当然，我很快就发现，古代的公案小说与现代的侦探小说有很大的不同。侦探小说的悬念在破案上，在逻辑的推理上；而古代的公案小说是围绕人物的悲欢离合来展开。它与现代的法制文学的内涵比较接近。通过公案小说的描写，我看到了古人的法制观念，以及传统文化的方方面面，这就对我固有的认知提出了尖锐的挑战。我读了一些有关古代法制的研究著作，可以说是恶补。恶补的效果如何，我自己也没有底。

《小说轩》出版以后，深受欢迎。于是，又先后再版。

不久前，北京领读文化传媒有限责任公司的康瑞锋先生与我联系，说他们准备再版《小说轩》中的一些作品，我想，这是很好的事情。

由此30年前的少作，想起已故的刘逸生先生的博学和风趣，想起他的公子刘思翰先生，想起为刘逸生先生传达邀请的周锡馥先生（也是当时的同事，听说现在香港大学任教），他们的音容笑貌，我虽然已经记得不是很清晰，但那份旧情，却依然难以忘怀。

2019年4月张国风于北京西郊

目录

"公案"的名与实

人有个习惯，每遇到一个事物，就琢磨着给它起个名字。这好像是上帝赐给人类的一种权利。历朝的法律对人们这种命名的权利都没有太多的限制。命名既有极大的自由、极大的随意性，那么，同一事物的命名便会因时因地因人而有所不同。人对事物的认识总是需要一个过程。事物本身也是不断变化的，语言的内涵与外延都具有伸缩的可能。天长日久，名与实的关系变得错综复杂。很多事物的命名，在当时人看来很容易理解，而后人则可能会觉得莫名其妙。有名无实、有实无名、名存实亡、名实皆亡，张冠李戴，种种情况都有。研究古代文化的人常常会更多地遇到这种名不符实的情况。本书是漫话公案小说，也还必须从清理"公案小说"这个概念开始。

"公案"是宋元话本的分类之一。在宋元话本的各个分类名称中，"公案"一类的含义似乎是最不成问题的。所以，"公案"的含义一直未能得到深入的探讨。

按常情推测，"公案"作为一种人们普遍接受的话本分类名称，它的含义与当时人对于"公案"一词的一般理解不可能相距太远。宋元时，"公案"一词有如下五种含义：

一指官府的案牍。

宋苏轼《东坡集·奏议集十三·辨黄庆基弹劾札子》："今来公案，见在户部，可以取索按验。"

宋洪迈《容斋随笔卷四·张浮休书》："公曰，'不然。吾子皆时才，异日临事，当自知之……无以遣日，因取架阁陈年公案，反复观之，见其枉直乖错，不可胜数……'"

一指案件。

宋人话本小说《错斩崔宁》："府尹也巴不得了结这段公案。"

宋吴曾《能改斋漫录》卷八："乃知范公所言者，杨嗣复等公案耳。"

一指官吏审案时所用的桌子。

《元曲选·陈州粜米》四："快把公案打扫的干净，大人敢待来也。"

一指禅宗用教理解决疑难问题，如官府判案。

宋释圜悟《碧严录十·九八举》："劈腹剜心，人皆唤作两重公案。"

一指话本小说的一类。

宋耐得翁《都城纪胜·瓦舍众伎》："说话有四家。一者小说，谓之银字儿，如烟粉、灵怪、传奇、说公案，皆是搏刀赶棒及发迹变泰之事。""凡傀儡敷衍烟粉、灵怪故事、铁骑、公案之类。其话本或如杂剧，或如崖词。大抵多虚少实。"

宋吴自牧《梦粱录·百戏伎艺》："凡傀儡敷衍烟粉、灵怪、铁骑、公案、史书、历代君臣将相故事话本，或讲史，或作杂剧，或如崖词。"《梦粱录·小说讲经史》："说话者，谓之舌辩。虽有四家数，各有门庭。且小说名'银字儿'，如烟粉、灵怪、传奇、公案，朴刀杆棒发发踪参之事。"

宋罗烨《醉翁谈录·舌耕叙引》："有灵怪、烟粉、传奇、公案、兼朴刀、杆棒、妖术、神仙。自然使席上风生，不枉教座间星拱。""言《石头孙立》《姜女寻夫》《忧小十》《驴垛儿》《大烧灯》《商氏儿》《三现身》《火杈笼》《八角井》《药巴子》《独行虎》《铁秤槌》《河沙院》《戴嗣宗》《大朝国寺》《圣手二郎》，此乃谓之公案。"

我们不妨撇开"公案"一词的原始含义，也不问它的各种含义孰先孰后的问题，只看宋人、元人的常见用法。显然，宋元间"公案"一词的中心含义是"案件"，其他各种含义均围绕在这一中心含义的周围。公案小说作为宋元话本小说的一个门类，正是指那种取材于各种案件的小说。所谓"各种案件"指的是各种民事纠纷和刑事案件。"公案"作为话本小说的分类名称，是从它所取素材的特点而来的。

这里有必要纠正两个颇为流行的观念。公案小说是写断狱审案的，这是其一。公案小说十之八九以清官为主角，这是其二。说公案小说写断狱审案似乎没大错，可是，这种说法容易导致误会。人们会以为它写的是如何破案。这就把公案小说的范围理解得很窄。其实，公案小说常常不是把重点放在破案上，重点是写案件本身所反映的社会生活。在公案小说名篇《错斩崔宁》《简帖僧巧骗皇甫妻》中，破案本身都没有什么曲折和趣味，只是案子中反映的生活有趣味。《包公案》倒是写了一百个包公破案的故事，不是旋风来引路，就是冤魂来托梦显灵。至于说公案小说十之八九以清官为主角，那是经不起推敲的，是从形式上看问题。《错斩崔宁》《简帖僧巧骗皇甫妻》中的法官给人留下了什么印象呢？《包公案》中的包公，他在小说中的实际作用就是将很多案件串联在一起。《三侠五义》中的包公有了较全面的、连续的描写。可是，即使是在《三侠五义》中，包公也没有始终占据主角的地位。当作者将笔墨转向那些侠客的时候，包公的作用依然降低为一个穿针引线的配角。关于南侠、北侠、五鼠、丁氏双侠的故事，都靠开封府的包公串联到了一起。

现代人之所以对古代公案小说形成那样的误解，是因为人们的头脑中先有了现代侦探小说的概念。现代侦探小说主要写侦破，主角是侦探。而公案小说也要写到破案，于是，人们就认定公案小说以断狱审案为主要描写对象，而小说的主角自然就是破案的主体——清官了。

　　用流行的公案小说概念去研究宋元间的公案小说，便会陷入十分尴尬的境地：宋人罗列的公案小说名目中，常常没有什么公案小说的意味。《醉翁谈录》的"舌耕笔引"中罗列了十六篇公案小说。据专家考证，这十六篇作品中，只有《三现身》《圣手二郎》很可能是公案小说。因为《警世通言》中有一篇《三现身包龙图断冤》,《醒世恒言》中有一篇《勘皮靴单证二郎神》。令人迷惑的是，《姜女寻夫》这样的作品也列入了公案小说。《姜女寻夫》一篇，大家都认为是讲孟姜女的故事，好像很难与公案挂钩。只能这样去解释：当时小说的分类，不一定那么严格准确。按题材来给小说分类，本身就有很多困难。如果说《石头孙立》《戴嗣宗》指的就是《水浒传》中的孙立、戴宗；那么，按照公案小说即是取材于案件的小说的概念，就完全可以理解。虽然孙立、戴宗的故事不属于断狱审案一类，可是，孙立、戴宗的故事，确有触及刑法、惊官动府的内容。归入公案，亦在情理之中。《都城纪胜》中说的"说公案，皆是搏刀赶棒及发迹变泰之事"，正是作如此理解。

　　陈汝衡在《说书史话》中对"公案"提出了这样的解释：

　　公案、铁骑儿被列在武的故事固然不错，但这里的"武"，却不一定专指战争。所谓"朴刀杆棒"，是泛指江湖亡命，杀人报仇，造成血案，以致惊官动府一类的故事。再如强梁恶霸，犯案累累，贪官污吏，横行不法，当有侠盗人物，路见不平，用暴力方式，替人民痛痛快快地申冤雪恨，也是公案故事。总之公案项下的题材，绝不可以把它限在战争范围以内。凡有"武"的行动，足以成为统治阶级官府勘察审问对象的，都可以说是公案故事。

陈汝衡在这里对"公案小说"的概念作了比较宽泛的解释与理解，这种宽泛的解释与理解比较符合古代公案小说的实际。陈汝衡的公案小说概念十分接近今日所谓"法制文学"。"法制文学"多写民事纠纷、刑事案件，从中反映社会、反映人生。"法制文学"也都是通俗文学，它的对象是一般的民众。陈汝衡的解释不但解决了公案小说的内容何以如此庞杂的问题，而且启发我们重新看待公案与侠义合流的问题。

一般人认为到了清代中叶，侠义与公案渐渐合流，而《施公案》便代表着这一合流的开始。可是，按照陈汝衡的公案小说概念，便会发现公案与侠义的合流早已滥觞于唐代传奇，以后则不绝如缕，从未中断。唐人传奇中的《虬髯客传》《红线传》《昆仑奴传》等作品，写的是侠义人物，但与此同时，也未尝不可以视为"惊官动府"、"足以成为统治阶级官府勘察审问对象的"公案故事。宋元的公案小说中，时常可以发现侠义人物的身影。《醉翁谈录》的"小说引子"

　　　　　　　　　　公案中的世态

中提到"也说赵正激恼京师"。这赵正就是《古今小说》中《宋四公大闹禁魂张》里的赵正。这是一篇公案与侠义合而为一的典型作品。悭吝刻薄的张员外欺负一个穷汉，引起宋四公抱不平，晚上去张员外家土库，"觅了他五万贯钱赃物，都是上等金珠"。接着又写赵正，本领更在宋四公之上。偷了钱大王的玉带，剪了缉捕使臣马翰的衣袖，割了滕大尹的腰带挞尾，搅得东京城里沸沸扬扬。谁能说这不是公案，谁能说这不是侠义呢？明代小说中，公案与侠义的合流就更普遍了。一部《水浒传》，处处都涉及公案，回回都写到侠义。鲁提辖拳打镇关西、大闹野猪林，武松醉打蒋门神、血溅鸳鸯楼，不都是公案而兼侠义吗？《水浒传》的兴趣不在断狱审案，而在英雄的传奇故事，可是，江湖亡命，劫富济贫，动辄"惊官动府"，干的是"灭九族的勾当"，说是公案，毫无问题。所以，公案与侠义的合流不必等到清中叶的《施公案》。

从公案小说的取材范围、描绘的重点、作者的兴趣所在，以及公案小说的结构来看，公案小说都接近今日所谓"法制文学"，而不是所谓"侦探文学"。

公案小说不是侦探小说

　　一提起公案小说，人们便很容易联想起现代的侦探小说，如世界闻名的《福尔摩斯探案》。在各种文学史的著作上，也都写着，公案小说写的是断狱审案的故事。然而，只要稍微读过一点儿公案小说的人都会发现，古代的公案小说与现代的侦探小说，尽管题材都是涉及刑法的故事，可是，古人和今人对题材的处理完全不同。

　　现代的侦探小说，悬念设在"破"字上。罪犯放在暗处，时隐时现，而将破案者放在明处。读者的思路顺着破案者的思路走。作者总是要尽量把故事编得曲折离奇，案情写得真真假假，扑朔迷离。到了结尾，才点明真正的作案者，解释案件的来龙去脉，解开所有的疑团，以达到出人意料之外、又在情理之中的最佳的效果。

　　古代的公案小说也写破案，可是，小说的悬念一般不是系在破案上，而是系在人物的命运上。作者常常把作案者放在明处，读者对于案情的来龙去脉，对于谁是真正的罪犯，一清二楚。"笑笑主人"

公案中的世态

为《今古奇观》所作的序中赞誉冯梦龙编著的"三言""极摹人情世态之歧，备写悲欢离合之致"。所谓"人情世态""悲欢离合"，正是中国古典小说注重描写的地方，也是公案小说着力描写的地方。

公案小说中的成功之作，往往不是突出破案者的智慧，而是因为人情世态写得真切、悲欢离合写得动人，抓住了读者。例如，《醒世恒言》中的公案小说名篇《十五贯戏言成巧祸》（即《错斩崔宁》），就把罪犯放在明处来写。案情的底细，读者了如指掌。不仅如此，作者还忍不住站出来解释剧情、发表议论：

> 看官听说，这段公事，果然是小娘子与那崔宁谋财害命的时节，他两人须连夜逃走他方，怎的又去邻舍人家借宿一宵？明早又走到爹娘家去，却被人捉住了？这段冤枉，仔细可以推详出来。谁想问官糊涂，只图了事，不想棰楚之下，何求不得。……所以做官的，切不可率意断狱，任情用刑，也要求个公平明允。道不得个死者不可复生，断者不可复续，可胜叹哉！

崔宁、陈二姐冤死以后，刘贵的妻子被静山大王抓去，做了压寨夫人。有一次，静山大王无意中泄露了当年杀害刘贵、掠得十五贯钱的秘密。刘贵的妻子听了，心中暗暗叫苦，"明日捉个空，便一迳到临安府前，叫起屈来"。于是，真相大白，崔宁与陈二姐的沉冤得以昭雪。这里没用到福尔摩斯，连包公也没用上。在另一篇公案名作《简帖僧巧骗皇甫妻》中，同样没有去突出破案者的智慧。这个和尚与静山大王一样，他自己得意地向骗来的妻子透露了当年设局谋骗的经过。"妇人听得说，揪住那汉叫声屈，不知高低。"和尚见势不好，就要"坏他性命"。恰好皇殿直赶到，"即时把这汉来捉了，解到开封府钱大尹厅下"。在这篇小说中，法官只是陪衬，不给人留下一点印象。上述两篇公案小说中，主要是用人物的命运来抓住读者。

　　"十五贯""简帖僧"两案都轻而易举地破了，甚至没有费官府一点力气。可是，作品却并没有因此而失去它的魅力。这种公案小说的魅力不在于用悬念去吸引读者，而是用公案中展开的人情世态的准确描绘、人物的悲欢离合的命运来抓住读者。作品没有设置寻找罪犯的悬念，但人物的冤屈牵动着读者的心弦。小小的案子里包含了丰富的社会内容。刘贵酒后的一句戏言居然送掉了三条人命，这里不能不说包含着某种偶然性。可是，偶然性中有必然性。问官的昏庸、司法的腐败，刑讯逼供的制度却不是偶然、孤立的现象，这桩冤案的发生也绝不是偶然的、孤立的。皇甫松居然上了简帖僧的当，后者的阴谋能够得逞，其中同样包含着某种偶然性。但是，皇甫松严重的夫权思想、妇女地位的卑微并非偶然的现象。没有丰富的社会经验，没有对于人情世态无微不至的观察，没有对于社会上各种人物的心理揣摩，要写出这样出色的公案小说是不可能的。

　　　　　　　　　　　　　　　　公案中的世态

现代的侦探小说受外国文学的影响，将作案者移到暗处，"谁是罪犯"成为强烈的悬念，加强了作品的吸引力。可是，他们往往丢掉了公案小说的好传统，只追求悬念的效果，写了故事，丢了人物，更谈不上描写丰富的社会生活。

公案小说从宋代一直发展到清代末年，始终未能向侦探小说的方向发展。这是和中国文化的某些特点有关系的。中国人讲道德，也讲智慧。中国文化的这种整体特点在公案小说的发展中有深刻的反映。按照传统的观点，小说必须寓有道德教训的意味才有存在的价值，这种教训体现在故事之中，特别明显地体现在故事的结局中。所以，作者十分注意小说的结局，注意人物的命运，要使小说体现"善有善报、恶有恶报"的规律，以达到劝人为善的目的。而如何破案、破案者的智慧，和教训的寓意关系很小，所以一直未能成为公案小说描写的重点。其次，中国的形式逻辑在整个古代社会始终受到压制，未能充分发展。这种传统的思维特点也使强调推理的侦探小说难以诞生。一直到了清末，西方的逻辑思维，西方的侦探小说一齐传了进来，中国的公案小说才开始向侦探小说的方向演变。

包公的"法治"学不得

　　一般的文人学子，敬的是《红楼梦》《水浒传》，不大看得起专写清官的公案小说。《红楼梦》毕竟高雅一些，可是那种迎风洒泪、对月伤神的滋味，恐怕不是人人都能领略；大观园在哪里，后四十回的作者是谁，诸如此类的问题，也很难保证人人都有兴趣。而喜欢读点《三侠五义》、听点包公故事的人，大概不在少数。

　　包公在中国可谓家喻户晓、妇孺皆知。包公在民间的影响之大，主要得力于民间流行的说唱、小说和戏曲。一般人心目中的包公形象，十之八九来自《铡美案》之类的包公戏。包公在民间持久而广大的影响，自然有其更深刻的根源。在古代社会里，生活于专制铁蹄之下的百姓，看不到自己的力量，而寄希望于清官与鬼神，是毫不奇怪的。包公在中国，几乎就是清官的代名词。几千年来，在正史和野史里，留下了无数清官的名字，但是谁也没有包公的名气大。包公的名气与他的仪表自然没有多大关系。平心而论，包公的尊容倒也并不漂亮，至少比《十五贯》中的况钟要差得远。可包公在民众心目中是一个很美的形象。包公的美纯粹是一种伦理的美，即现在所说的心灵美。

中国人一遇到社会问题，总是把伦理道德放在第一位。所谓真、善、美，善是压倒一切的，离开了善就没有什么美。包公的美就是如此。所以，中国人用伦理道德的眼光来看包公，看到的是惩恶扬善、除暴安良、铁面无私、疾恶如仇。尤其佩服他的，是他那一股子犟劲：惩恶不避权贵，哪怕他是皇亲国戚。但是，一旦抛开传统的目光，抛开包公那高尚纯正的动机，用法律的目光去审察一下他的司法实践，那问题可就大了：包公的"法治"，万万学不得！

我们知道，证明案件真实情况的一切事实，都是证据。证据必须经过查证属实，才能作为定案的根据。而小说中的包公办案，却带有很强的主观性。往往是证据尚未到手，蛛丝马迹尚未澄清，被告一提上来，包大人察言观色，便已成竹在胸，暗暗下了结论："见他凶眉恶眼，知是不良之辈"，"此妇听她言语，必非善良"，"包公看许生貌美性和，似非凶恶之徒"。这岂不是先入为主的唯心之论吗？

包公破案，最重审讯一环；证据充分不充分，还在其次。他偶尔也微服私访，收集人证物证，但这类事大多假手于他帐下的那些幕僚。他的长处是在审讯过程中，频频发动心理攻势，采用疾风骤雨般的发问，穷追猛打，打乱对方的阵脚，抓住对方的破绽，取得案情的突破。包公的长处不在铁证如山，而在料事如神。

为了取得口供，包公很善于对被告制造心理压力。他的脸本来就长得黑，再向下那么一拉，其难看可怕，也就可想而知。他手下的王朝、马汉、张龙、赵虎，自然是一个个如狼似虎。堂下是三口御铡，明晃晃、冷飕飕。皇亲国戚，尚且可以先斩后奏，一般官吏平民，更是不在话下。

对于经验丰富的罪犯，仅仅虚声恫吓是不够的。所以，包公又常常要动用刑罚来弥补其智慧的不足。包公审问犯人，动不动就要"大刑伺候"。至于打嘴巴、打板子，更是家常便饭。犯人郑屠不招，"包公大怒，打了二十个嘴巴，又责了三十大板。好恶贼，一言不发"。包公无奈，只好吩咐手下人将犯人带下去。犯人赵大"横了心再也不招"，"包公一时动怒，请了大刑，用夹棍套了两腿，问时仍然不招"。包公技穷，"一声断喝，说了一个'收'字，不想赵大不禁夹，就'呜呼哀哉'了"。包公事后也不无懊悔之意："不想妄动刑具，致毙人命。虽是他罪应如此，究竟是粗心浮躁，以至落了个革职。"从今天的目光去看，包公的反省确实很不深刻，丝毫没有触及灵魂。按照现代的法律观念，审判人员、检察人员、侦察人员必须依照法定程序，收集能够证实犯罪的各种证据。严禁刑讯逼供和以威胁、引诱、欺骗及其他非法的方法收集证据，而包大人却反其道而行之，单单迷信棍棒，企图用棍棒撬开犯人的嘴巴。

包公不但时常求助于棍棒，还经常乞灵于鬼神。乌盆一案，怪诞荒谬，鬼魂的控诉成为破案的关键。李妃一案，真相大白，全仗寇珠在天之灵。《包公案》一书收罗包公破案故事（大多为他人破案故事的改编）一百则，其中冤魂托梦、旋风引路、鬼神显灵者，居十之六七。

棍棒、鬼神之外，包公还经常使用引诱欺骗与其他非法的手段来收集证据。张有道被人谋杀一案，包公为了骗取被告尤狗儿的口供，便对他说：你不过是受人差遣，身不由己，干了坏事，只要从实招来，自有我包大人替你做主，出脱你的罪名。尤狗儿虽然并非良善之徒，却自有天真之处。他见包大人和颜悦色地和他说话，设身处地为他着想，就痛痛快快地将内情和盘托出。结果自然是大上其当，判了个"绞监候"。还是活不成。乌盆一案，被告刁氏不招。包公便哄她："你丈夫供称陷害刘世昌，全是你的主意。"于是，"刁氏闻听，恼恨丈夫"，便如实招供。由此可见，包公审讯，能唬就唬，能哄就哄，能骗就骗，三招不灵，那就不客气，大刑伺候！一部《包公案》、一部《三侠五义》，记下很多包公逼供的案例。

在包公看来，只要目的纯正、动机高尚，就可以不择手段。他的手下人居然敢于从御库中盗出九龙珍珠冠，偷偷地放在霸王庄马强的家里。用这种栽赃诬陷的方法来打倒马强的叔父，即朝中的总管马朝贤。诡称马朝贤盗出九龙珍珠冠，通过马强，转送图谋不轨的襄阳王。当然，襄阳王、马朝贤、马强等人也不是什么正面角色。另外，艾虎等人又在光天化日之下，大作假证、伪证；包公手下的四品护卫白玉堂穿针引线于艾虎与枢密院的颜查散之间。颜查散则当堂作弊，向假证人艾虎递眼色、送消息；明察秋毫的包大人却装聋作哑，任其含糊过去。可见法律在包公手里，可圆可扁，竟如同一块橡皮泥。

假公子一案，太师庞吉指控包公的三公子包世荣：进京的一路上，勒索州县银两。庞吉的指控固属诬蔑不实、挟嫌报复之词，但是，按照法律常识，此案涉及的当事人就是包公的直系亲属，包公理应自觉回避才是。然而，这件案子由大理寺初审以后，包公便奉旨接过此案，照审不误。如此看来，包公连一般的法律常识也欠缺呢。

综上所述，只能得出这样的结论：小说中的包大人铁面无私，是很值得赞扬、颇可以效仿的。可是，他的所谓"法治"是断断学不得的。人们只看到他的惩恶扬善，不知他时时在违法行事。只道他执法如山，哪知他的法律观念竟是非常薄弱。

　　　　　　　　　　　　公案中的世态

煞风景的考证

　　古典小说的研究和当代小说的研究有很明显的差别。当代小说的研究，在确认作者、了解作者的生平思想，了解作品产生的背景等方面，并不存在太大的困难。当代小说研究的用力之处，恐怕在于跟踪和领悟时代思潮的变化。由于研究者与研究对象之间的距离太近，所以，研究者不容易摆脱时代的局限、不容易摆脱自身利害关系无意识的束缚去观察现实，从而也就难于把握时代的本质与时代发展的趋势。古典小说研究者则面临着相反的情况。在传统社会里，小说没有地位，登不得大雅之堂；所以，留下的资料极少，仅有的一点资料也很分散。光是确认作者、了解作者的生平与思想、理解作品的思想倾向，就需要付出艰苦的努力。每一点疏忽都会造成失误，每一次懒惰都可能受到惩罚。

　　当代小说都是作家独立努力的成果，而古典小说则不然。很多著名的古典长篇小说都经历了漫长而复杂的演变过程。像《三国演义》《水浒传》这些古典小说名著，从严格的意义上来说，都很难把它们说成是某一个作家的作品，或某个时代的作品。不断地有新的人物添加到小说中来，不断地有新的情节补充进来。随着时代氛围的变化，作品的思想倾向也在不断地变化，思想内涵也日趋复杂。当代小说大多取材于当代的现实，古典小说的作者却习惯于大量地从正史、野史、笔记中去攫取人物与情节。那一大本一大本的小说参考资料汇编就是这种取材习惯的有力证明。

中国古典小说历史发展的这些特点迫使研究者不得不将有关的考证作为研究的基础。然而，文学毕竟不同于史学，人物原型与艺术形象之间也不能画等号。人物本事的考证也还不是严格意义上的文学研究。考证家总是希望从正史、野史、笔记中尽可能寻觅到较多与小说有关的资料。在考证家那儿，人物原型与艺术形象之间的吻合之处越多，他们的工作就似乎越有价值。可是，愈是成功的作品，愈是动人的情节，艺术的加工就愈多，原型与艺术形象之间的距离就可能愈大。小说中写得最精彩、最热闹的地方，常常是虚构最多的地方。《三国演义》中的精彩篇章，十之八九出自虚构。有关赤壁之战的历史记载，极为简略。可是，小说却用了将近八回的巨大篇幅对此作了生动详尽的描绘。赤壁之战中的蒋干中计、草船借箭、诸葛祭风、义释曹操等著名情节，不都是子虚乌有的吗？小说家要对生活素材进行最大限度的改造，使它既能在本质上反映生活，

　　　　　　　　　　　公案中的世态

又能体现作者对时代与社会的理解。而考证家则要从艺术作品中尽可能找到较多的历史根据，找到它曾经有所继承、有所借鉴的材料。从某种意义上来说，考证家的愿望与小说家的愿望是背道而驰的。考证家得到的结果对于小说家来说，常常是煞风景的。围绕包公小说的种种考证就是一个很好的例子。

从包公的为人来看，小说的描写与历史的记载之间并无很大的出入。《宋史·包拯传》上说：

> 拯立朝刚毅，贵戚宦官，为之敛手。闻者惮之。人以包拯笑比黄河清。童稚妇女，亦知其名，呼曰："包待制。"京师为之语曰："关节不到，有阎罗包老。"

"立朝刚毅""关节不到"、执法无情，小说中也是这样一种形象。但是，就其生平事迹而言，历史上的包公与小说、戏曲中的包公之间，差别就太大了。历史上的包公主要是一个谏官，包拯的一生是谏官的一生。明人徐渭所著《南词叙录》中有这样的记载：

> 曲中常用方言字义，今解于此，庶作者不误用。
> ……
> 包弹：包拯为中丞，善弹劾，故世谓物有可议者曰"包弹"。

包拯之为谏官，亦由此可见。《包拯集》中收录的，主要是他当谏官时给皇帝的奏疏。这些奏疏都是包拯就当时的政治、军事、财政、外交诸方面的状况提出的看法和建议。但是，小说戏曲中的包公主要是一个执法官，甚至是一个破案专家。

据史书上的记载，宋仁宗嘉祐元年（1056）十二月，包拯被任命为开封府的知府。嘉祐三年（1058）六月，升为右谏议大夫。总共只当了一年半的开封知府。在这一年半的时间内，史书上没有提到他处理过什么案件。《包拯传》中只提到，他处理过一件"割牛舌案"：

> 有盗割人牛舌者。主来诉，拯曰："第归，杀而鬻之。"寻复有来告私杀牛者。拯曰："何为割牛舌而又告之？"盗惊服。

可是，这一桩案子发生在包拯任天长县知县的时候。就是这样一桩极简单的案子，又见于《宋史·穆衍传》。《折狱龟鉴》中所记秀州嘉兴县知县钱龢处理的一件案子，也与此大同小异。钱龢是宋神宗时的人，比包拯不过迟三四十年。所以，这桩"割牛舌案"，包拯也还有掠人之美的嫌疑。而小说中的包公简直成了"中国的歇洛克·福尔摩斯"（胡适语）。《包公案》共十卷，包括包公破案的故事一百则。据孙楷第的考证，有史料根据的只有一则（即"割牛舌"），占百分之一。其中抄自《海公案》的，有二十二则之多；借用他书的有十八则，游戏取闹者十二则，不知出处者三十七则，包公传说八则，语意重复者两则。可见，包公破案的故事，只有百分之一有史料根据。这仅有的百分之一，是否可靠，仍值得怀疑。

宋代以后，老百姓对于谏官的兴趣已经不是很大，况且已经有唐代的魏征作了谏官的榜样，不需要包公再来代劳，而老百姓对于执法如山、为民请命的清官的兴趣却越来越大。现实生活中的冤假错案如此之多，老百姓除了造反，只能寄希望于清官。所以，是时代在向文学召唤着清官的形象。正是在吏治最腐败的元朝，包公戏得到了迅速的发展。谏官的包公被民众改造成为民申冤的法官，很多清官断狱的故事也不断地附会到包公的身上来，包公也就逐渐地成为清官的代名词。

天下小说一大抄

　　人贵有创造，写文章也贵有新意。创造性是衡量一个人有无才华的重要标志。人才难得，古今同叹，有创造性的人才就更难得了。文章难写，有新意的文章就更难写了。俗话说，天下文章一大抄，这可能是对文坛上模拟之风的讽刺与不满，也可能是自嘲。如果是前者，那是一种针砭；如果是后者，那就说明此人还颇有一点自知之明。文坛上自古以来就有模拟之风。屈原写了《离骚》，宋玉写了《九辩》，后人的模拟之作数不胜数。枚乘写了《七发》，司马相如写了《子虚赋》《上林赋》，又引来了一大批模拟者。陶渊明的田园诗，学步者代不乏人。南朝的江淹简直是一位模拟的天才，他的拟陶诗，达到了以假乱真的地步。每一部古典名著后面，都跟着一长串模拟之作。模拟名作、名篇是吃力不讨好的。模拟者大多落了"狗尾续貂""画虎类狗"之类的恶名。明人好讲"文必秦汉""诗必盛唐"，等于公开亮出模拟的旗帜，结果是明代的诗文大不如前。

　　　　　　　　　　　　　　　公案中的世态

所谓模拟之风，从积极方面来看，也就是赵翼所谓"江山代有才人出，各领《风》《骚》数百年"。如果文坛上一点模拟之风也没有，大家都是独创，谁也不崇拜谁，那么，"才人"去领导谁呢？又如何形成文学的"时代新潮流"呢？所以，文学潮流的产生总是要有人领头，总是要有人被别人崇拜，被别人模拟学习，而有人则崇拜别人、模拟学习别人。模拟学习的人多了，就形成了文学潮流。所以，模拟之风的出现，既不以人的意志为转移，也不宜全盘否定。人不能凭空创造，总得有所继承，而继承中就包括模拟。有人创造得多，模拟得少，就得到大家的称赞。有人模拟得多，创造得少，或创造得不成功，大家就说他才气不足，贬他两句。

顾炎武曾经批评一位朋友的诗文说："君诗之病在于有杜，君文之病在于有韩、欧。有此蹊径于胸中，便终身不脱依傍二字，断不能登峰造极。"顾炎武的话自然不错。可是，他说的是"登峰造极"。凡"登峰造极"的作品，当然不能留有模拟的痕迹，那必定是独创性的。顾炎武说的是诗文，如果就小说、散曲而言，那就还有商榷的余地。古代小说中某些"登峰造极"的作品，都经历了边"抄"边创造的漫长过程。某些古典小说名著，从话本开始（或更早），中经杂剧的滋补，群众创作与作家创作相结合，经过不知多少位无名氏的润色、补充，最后成为不朽的巨著。通过这条道路，《三国演义》成为历史小说的顶峰，《水浒传》成为英雄传奇的顶峰，《西游记》

成为神魔小说的顶峰,《聊斋志异》成为文言短篇小说的顶峰。公案
小说中的长篇,没有出现一二流的作品,像《三侠五义》那种水准
的作品,已经是难得的佼佼者。而《三侠五义》也同样经历了群众
创作与作家创作相结合的漫长道路。《三侠五义》中的狸猫换太子一
案,就经过了长达七百年边"抄"边改的过程。

在《元曲选·抱妆盒》杂剧中,一个刘皇后,一个李美人。在《包
公案·桑林镇》里,刘与李平起平坐,都是妃子。到了《万花楼杨包
狄演义》,刘又变成皇后,李成为妃子,刘的地位高于李。最后到了
《三侠五义》,这个故事定型了,刘、李均为妃子。总的趋势是:李的
地位上升,与刘拉平。这就加重了对刘的谴责。如果刘的地位高于
李,那么刘、李之间还有个名分问题。按照传统的尊卑观念,刘的
压迫李就可以得到某种谅解;而李的反抗刘则有"干犯名义"的嫌疑。
现在两人关系摆平,都是妃子,应该在平等基础上竞争。所谓"竞争"
也就是谁能先给皇上生个儿子。然而,刘搞阴谋诡计,将狸猫换了
太子,使李被贬入冷宫。这样,刘就成为一个不光彩的角色。用传
统的伦理观念来衡量,刘的行为也没有一点可以原谅的地方。

在《元曲选·抱妆盒》杂剧中,刘指使宫人寇承御去将太子弄
死。在《包公案·桑林镇》里,刘生了一个女儿,李却生了一个男
孩。刘指使郭槐作弊,用女儿换了男孩。在《万花楼杨包狄演义》里,
添出狸猫换太子一节。这一变动为《三侠五义》吸收。这样,刘的

形象更加阴险毒辣了。

在《元曲选·抱妆盒》杂剧中，刘并没有直接谋害李本人。在《包公案·桑林镇》里，李被囚禁在冷宫。宋仁宗继位后，赦放冷宫罪人，李才被放出来。李住在桑林镇的一所破窑里，双目失明。到了《万花楼杨包狄演义》，又添出刘派人焚烧碧云宫，李由于得到寇承御的预告而侥幸逃出的情节。《三侠五义》从《包公案·桑林镇》中取来贬入冷宫的情节，从《万花楼杨包狄演义》中取来焚宫几死的情节。《包公案·桑林镇》中住破窑、双目失明的描写也被《三侠五义》继承下来。情节增添减少的趋势是：刘的罪过加重，李的遭遇变得更加坎坷不平，因而也更加为人们所同情。

在《元曲选·抱妆盒》杂剧中，此案和包公无关。到了《包公案·桑林镇》，这案子就和包公挂上了钩，成为包公故事的重要组成部分。

在《元曲选·抱妆盒》杂剧中，宋仁宗知道真相以后，并没有去惩罚刘后。宋仁宗说："寡人若究起前事，又怕伤损我先帝盛德。"到了《包公案·桑林镇》里，宋仁宗竟要将刘扔到油锅中去，只是因为包公的阻挠，才"着人将丈二白丝帕绞死"，刘氏才得以全尸而死。在《万花楼杨包狄演义》中，刘自缢而死。在《三侠五义》中，刘于东窗事发后为寇承御冤魂所缠，惊惧而死，这样，既惩罚了刘，又使宋仁宗免去了逼死母后的罪名。

在边"抄"边改的漫长过程中，内容愈来愈丰富，人物形象愈来愈鲜明，情节趋于合理自然，组织更加细密。从《元曲选·抱妆盒》杂剧一直到《三侠五义》，虽然不能说其中的每一点改动都那么必要和准确，但总的说来，其间的进步是不可同日而语了。

《三国演义》《水浒传》《西游记》等名著，也大致经历了边"抄"边改，不断丰富、不断完善与提高的漫长过程。在传统社会里，小说被人鄙视，写小说不是正经职业，所以，现在不应去责备古人的"抄"。但是，研究古代小说史的人，却必须研究这个"抄"的历史。究竟是谁"抄"了谁，"抄"的中间又作了哪些改动，为什么这样改，这样改了以后有什么效果，是改好了，还是改糟了。这些都是必须弄清楚的问题。由于年代的久远，小说历来为人所鄙薄，弄清这些问题也并非易事。

"天下小说一大抄"是古代小说史上的一种普遍现象。严格地说，这句话指的是像《三国演义》《水浒传》《西游记》《三侠五义》这一类小说。它们的共同特点是经历了漫长的成书过程。在成书过程中经过了无数人的加工，渗进了无数人的爱憎。从民间的传说中吸取营养，从民间的说唱中觅取灵感。一方面体现着民众的好恶，一方面也掺进了统治者的偏见。当然，民众也有偏见，民众也受统治者的影响。教育的权利、舆论的方向，是由统治者所控制的。所以，边"抄"边改的结果是使这些小说呈现出十分复杂的思想倾向。

公案中的世态

深入人心的复仇主义

复仇，作为一种社会现象，具有悠久的历史。尽管历代思想家、政治家对复仇问题议论纷纭，始终不能取得一致的意见，可是，有趣的是，在文学作品中，复仇者始终是被同情、被歌颂的对象。一般的民众极重恩怨，知恩不报是要被视为小人的，至于恩将仇报，那就简直不是人了。私人之间的恩怨已经是一个很大的问题，更何况杀父之仇、杀兄之仇呢。关羽受过曹操的礼遇，他后来可以违反孔明的军令，华容道上把曹操放走了。单雄信的哥哥单雄忠被唐公李渊误认为是强盗而射死，单雄信因此而宁死不归唐朝。这些虽是小说家言，而复仇主义之深入人心、恩怨观念之主宰民众的思想，由此可见。

曹植的诗《精微篇》这样称一位手刃仇人的女子：

关东有贤女，自字苏来卿。壮年报父仇，身没垂功名。

一片赞扬、钦佩之情，没有一点法制观念。

李白的诗《东海有勇妇》，写得更夸张：

东海有勇妇，何惭苏子卿。学剑越处子，超腾若流星。捐躯报夫仇，万死不顾生。白刃耀素雪，苍天感精诚。十步两跳跃，三步一交兵。斩首掉国门，蹴踏五藏行。豁此伉俪愤，粲然大义明。

曹植写的是女子报杀父之仇，李白写的是勇妇报杀夫之仇，都写得那么豪迈壮烈。杀人复仇，理直气壮。一个是"身没垂功名"，一个是"粲然大义明"，都是千古流芳，永垂不朽。

中唐诗人贾岛的名篇《剑客》，更是大有鼓吹复仇的嫌疑：

十年磨一剑，霜刃未曾试。今日把示君，谁有不平事？

唐人小说中不乏复仇者的身影。李公佐的《谢小娥传》就是写一位奇女子复仇的故事。谢小娥十四岁的时候，父亲与丈夫俱为强盗所害。她自己"伤胸折足，漂流水中，为他船所获，经夕而活"。数年之后，谢小娥终于报了父亲、夫婿之仇。凶手之一申兰被她亲手杀死，另一个凶手也被捉拿归案。当时"浔阳太守张公，善其志行，为具其事上旌表，乃得免死"。从表面看去，这样的结果好像是道德对法律的胜利，但实质上，道德与法律都是服务于统治者的利益。

蒋防的《霍小玉传》讲了一个爱情悲剧。李益负心而弃小玉，小玉"韶颜稚齿，饮恨而终"。霍小玉的复仇方式十分特殊：

> 生方与卢氏寝，忽帐外叱叱作声。生惊视之，则见一男子，年可二十余，姿状温美，藏身映幔，连招卢氏。生惶遽走起，绕幔数匝，倏然不见。生自此心怀疑恶，猜忌万端，夫妻之间，无聊生矣。……大凡生所见妇人，辄加猜忌，至于三娶，率皆如初焉。

这是作者为一位弱女子所设想的复仇方式。

明清小说中，不时地可以发现复仇的故事。《水浒传》中的复仇故事就特别多。有仇必报，有恩莫忘，是水浒英雄们共同尊奉的一大人生准则。鲁智深平生好打不平。拳打镇关西，大闹野猪林，都是替别人报仇。难怪金圣叹要感慨地说："深愧虚生世上，不曾为人出力。"而武松就是替自己、替哥哥复仇，武松的一生是复仇者的一生。他替哥哥武大报仇，杀了潘金莲、西门庆。如果不是为了留下一个活证，那牵线的王婆也难免一死。武松对她是恨之入骨，留下她是万不得已。小说对武松复仇的具体情景描写得极为细腻，杀死潘金莲的场面写得充满了血腥味：

那妇人见头势不好，却待要叫，被武松脑揪倒来，两只脚踏住他两只胳膊，扯开胸脯衣裳。说时迟，那时快，把尖刀去胸前只一剜，口里衔着刀，双手去挖开胸脯，抠出心肝五脏，供养在灵前；胳察一刀，便割下那妇人头来，血流满地。

这种镜头未免过于残忍，那种复仇的气氛却因此而渲染得十分浓烈。

武松后来遭到蒋门神、张都监的暗算。他大闹飞云浦，血溅鸳鸯楼，一口气杀了张都监一家男女十五口人，张都监并夫人、奶娘、儿女，无一幸免。武松还用衣襟蘸血，在白粉墙上，大书八个大字："杀人者打虎武松也。"武松的仇真是报得痛快，可也未免太过狠心了。武松就是这样，复仇之心特别强，谁要是惹了他，决不轻饶、决不手软。

石秀的复仇心一点儿也不比武松差。杨雄的妻子潘巧云与和尚勾搭，被石秀冷眼瞧破，告诉了杨雄。杨雄醉后失言，被潘巧云看破机关，就反诬石秀调戏她。后来石秀竟杀了和尚，杀了替和尚传信息的头陀。接着，又与杨雄一起杀了潘巧云。不仅如此，连潘巧云的贴身丫鬟迎儿也没有放过：

石秀边把迎儿的首饰都去了，递过刀来说道："哥哥，这个小贱人，留他做甚么？一发斩草除根。"杨雄应道："果然，兄弟把刀来，我自动手。"迎儿见头势不好，却待要叫，杨雄手起一刀，挥作两段。

　　"三言""二拍"中亦颇多复仇的故事。诸如《木绵庵郑虎臣报冤》《万秀娘仇报山亭儿》《李玉英狱中讼冤》《蔡瑞虹忍辱报仇》《李公佐巧解梦中言，谢小娥智擒船上盗》《满文卿饥附饱飏，焦文姬生仇死报》，都是歌颂复仇的作品。

　　汉代以后，佛教传入中国，因果报应的观念深深地渗入民众的意识之中。复仇故事也随之而获得了新的模式。公案小说中的很多案件，都依靠冤魂显灵而得以解决。《包公案》中一百条案例，冤魂显灵、血仇得报者十之五六。《三侠五义》中狸猫换太子案及乌盆案，冤魂的出现对破案起了关键的作用。

　　宋元明清以后，君主专制日趋加强，生杀之权集中到皇帝手里。明清公案小说中的冤案，常常不是冤主自己来复仇，而是由清官来为民申冤。这是公案小说的重大转折，这一重大转折主要发生在元代。元杂剧中一系列包公戏的出现是这一转折已经来临的标志。

　　唐传奇中的复仇者是受害者自己。元杂剧中的受害者，一般都要依靠包公这样的清官。宋代话本中的复仇故事，处在过渡状态，还没有塑造出鲜明的清官形象。

　　因为有了因果报应之说，一些历史人物没来得及复仇的，到了小说里，便能如愿，大报其仇。《古今小说》中的《闹阴司司马貌断狱》是典型的例子。汉高祖杀功臣，历来为人所不满，为韩信、彭越、英布喊冤的，大有人在。可是，历史总归是历史，刘邦早已化为黄土，这仇无法报了。然而，有了因果报应之说，事情就好办了。今世不报，来世让他报了罢。所谓"不是不报，时候未到。时候一到，一切都报"。历史无法解决的复仇难题，小说通过艺术的想象与虚构，轻易地解决了。韩信冤死长乐钟室，让他转世成曹操。刘邦残忍无义，让他转世为汉献帝，"一生被曹操欺侮，胆战魂惊，坐卧不安，度日如年"。清代的《说岳全传》也如法炮制，原来岳飞是大鹏金翅鸟转世，金翅鸟啄死了女土蝠，又啄瞎了铁背虬龙的左眼。于是，虬龙转世成为秦桧，女土蝠转世成为秦桧的妻子。以后，秦桧夫妇东窗定计，"连用十二道金牌，将岳爷召回，在风波亭上谋害"。

源远流长的复仇故事，一直得到文学家的青睐。民间的复仇行为既反映了社会的不平，也反映着民众对法律的失望。司法的黑暗，吏治的腐败，使民众有苦无处诉，有冤无法申，他们不得不依靠自己的力量来报仇雪恨。所以，复仇主义在民间有广泛的基础。人们爱听复仇的故事，爱看复仇的小说、戏曲，这就是复仇题材长盛不衰的社会根源。文学中的复仇者十之八九是正义的，他们总是成为文学作品热烈同情、歌颂的对象。这些复仇者常常是各种冤假错案的直接、间接的受害者，所以，他们能得到广泛的同情与谅解。

宋元明清以后，中央集权日趋加强，生杀之权越来越集中到皇帝手里。公案小说中的冤仇也必须由清官来处理，民众的复仇愈来愈不被统治者所容忍。公案小说中的复仇题材逐渐走进了死胡同。旧式社会越是走向它的暮年，包公、海瑞式的清官就愈少，个别人想做包公、海瑞也做不成。现实生活中都是墨吏贪官，但公案小说还在大写包公。现实生活中都是冤假错案，公案小说还在大吹"明镜高悬"，这就离现实生活太远了。所以，复仇题材到了明清，反而一蹶不振，产生不出优秀的作品了。

役贱而任重的人——仵作

公案小说好写人命案。这也许是因为人命案耸人听闻的缘故吧。出了人命，地保、里正报到州县，官府必然要去验尸。验尸就离不了仵作。可以说，哪里发生了命案，仵作就在哪里出现。

大尹看了，就叫打轿，带领仵作一应衙役，往赵家检验。

大尹问了详细，自走下来把三个尸首逐一亲验，仵作人所报不差，暗称奇怪。

——《醒世恒言·一文钱小隙造奇冤》

随即差个县尉，并公吏仵作人等，押着任珪到尸边检验明白。

——《古今小说·任孝子烈性为神》

府尹见说，且教监下；一面教拘集郑屠家邻佑人等，点仵作行人，着仰本地坊官人并坊厢里正，再三检验已了。

——《水浒传》第三回

　　　　　　　　　　　　　　公案中的世态

仵作不光是验尸，有时还要参加行刑、葬埋之类的工作：

　　一日文书到府，差官吏仵作人等，将三人押赴木驴上，满城号令三日，律例凌迟分尸，枭首示众。其时张婆听得老儿要剐，来到市曹上，指望见一面。谁想仵作见了行刑牌，各人动手碎剐，其实凶险。惊得婆儿魂不附体，折身便走。

　　　　　　　　　　　　——《古今小说·沈小官一鸟害七命》

　　监斩官惊得木麻，慌忙令仵作、公吏人等，看守任珪尸体，自己忙拍马到临安府，禀知大尹。

　　　　　　　　　　　　　　——《古今小说·任孝子烈性为神》

　　在清代，各州县、京师五城和刑部，均有仵作。仵作也属于在官人役。仵作的人数，雍正时曾规定大县三名，中县二名，小县一名。州县的仵作，每人发一部必读书《洗冤录》。由州县委托专人为他们讲解。凡是出了人命，就由州县官带了他们去验尸，依照《洗冤录》相验，喝报伤痕，填写伤单或尸格，并具不敢隐捏甘结。仵作喝报有误，造成量刑不当的，照例要受到惩罚。清代的法律规定，"检验不实，失入死罪，照例递减四等，拟杖八十，徒二年"。

　　一般命案，一二名仵作就够了。如果是重大而有争执的案子，几名仵作就不够了。例如，清朝同治、光绪年间的杨乃武、毕秀姑一案，几经反复，聚讼纷纭。刑部验尸时，"刑部满汉六堂、都察院、大理寺并承审各司员皆至；顺天府二十四属仵作到齐；又有刑部老仵作某，年八十余，亦以安车征至"。开棺后，"老仵作手自检验。惟时观者填塞，万头攒望，寂静无哗。老仵作先取囟门骨一块，映日照看，即报云：'此人实系病死，非服毒也。'桑尚书大骇，叱令细验，对曰：'某在刑部六十余年，凡服毒者，囟门骨必有黑色，似此莹白，何毒之有！'"老仵作验毕，"向余杭原验仵作叱曰：'尔等何所见而指为服毒耶？'答曰：'我等原不肯填写尸格，官立意如此，不敢不遵。'"（祝善诒《余杭大狱记》）这位年届八十、工龄六十余年的刑部老仵作可说是仵作中的技术权威，但他的验尸也还是凭他多年的经验。

仵作的工作相当于现代的法医，可是，仵作的地位却不能与现代的法医相比。《洗冤录》中说："仵作行人南方多系屠宰之家，不思人命之重。"姚德豫《洗冤录解》中更进一步明确指出："仵作贱役也，重任也。其役不齿于齐民，其援食不及于监犯。役贱而任重，利小而害大，非至愚极陋之人，谁肯当此！而望其通天人性命之学，知生知死，知鬼神之情况，又能不为势回，不为利疚，寄以民命得乎？故良吏必须熟悉《洗冤录》，与之辩论确切，方令其喝报。若任其喝报，求无冤不可得也。"

司法的腐败与黑暗自然要反映到检验尸体这一重要环节上来。《二刻拍案惊奇》第三十一卷《行孝子到底不简尸，殉节妇留待双出枢》对此有详细的揭露：

官府一准简尸，地方上搭厂的就要搭厂钱，跟官、门、皂、轿夫、吹手多要酒饭钱，仵作人要开手钱、洗手钱，至于官面前桌上要烧香钱、朱墨钱、笔砚钱，毡条坐褥俱被告人所备，还有不肖佐贰要摆案酒，要折盘盏，各项各色甚多，不可尽述。就简得雪白无伤，这人家已去了七八了。

从中渔利倒也罢了，更可怕的是，检验带有很强烈的偏向："仵作人晓得官府心里要报重的，敢不奉承？把红的说紫，青的说黑，报了致命伤两三处。"《二刻拍案惊奇》的另一篇小说《贾廉访赝行府牒，商功父阴摄江巡》中也有类似的揭露："知县是有了成心的，只要从重坐罪。先吩咐仵作，报伤要重。仵作揣摩了意旨，将无作有，多报的是拳殴脚踢、致命伤痕。巢氏幼时喜吃甜物，面前牙齿落了一个，也做了硬物打落之伤。竟把陈定问了斗殴杀人之律，妾丁氏威逼期亲尊长致死之律，各问绞罪。"

另外，更可恶的是受贿假报。例如《不用刑审判书》一书就讲了一个这样的故事。一个女子谋害了自己的丈夫。她与情夫合谋，贿赂仵作。仵作验尸时，谎报无伤。州县官都被瞒过。后来，幸亏有一位邻县的知县看到孀妇丧服内露出的红裤，产生怀疑，重审此案，重新检验，才真相大白。

南宋时，中国已经出现了光辉的法医学著作《洗冤集录》（宋慈撰）。可是，在其后的六百年中，却步履蹒跚，终于落到了欧洲法医学的后面。其中的原因很多，而中国传统礼教和迷信反对尸体解剖是重要原因之一。《行孝子到底不简尸，殉节妇留待双出柩》这篇小说典型地反映出古人对尸体解剖的反感与抵制：

官府动笔判个"简"字，何等容易，道人命事应得的，岂知有此等害人不小的事？除非真正人命，果有重伤简得出来，正人罪名，方是正条。然刮骨蒸尸，千零万碎，与死的人计较，也是不忍见的。律上所以有"不愿者听"及"许尸亲告逆免简"之例，正是圣主曲体人情处。

小说的主角——孝子王世名为了不简父尸，宁可承担无故杀人的罪名。作者之所以要塑造并讴歌这样一个形象，主要是为了表现他对简尸的反感。检尸与孝悌尖锐对立，不可调和。最后，王世名撞死阶上。为了免简父尸，献出了生命。小说把王世名的死渲染得"轰轰烈烈"。但是，从今天的眼光去看，这完全是不必要的牺牲。事实上，对于尸体解剖的强烈反感（尸检也还不是解剖），是使中国古代的人体解剖学迟迟不得发展，使中国古代的法医学始终局限在尸体

　　　　　　　　　　　　公案中的世态

外观检验范围的一个重要原因。

这篇小说所谓的"圣主曲体人情处"，指的是法律上有关免检的各种规定。例如，早期的大明令上就规定："凡诸人自缢、溺水自死，别无他故，亲属情愿安葬，官司详审明白，准告免检"；"若事主被强盗杀死，苦主求免检者，官为相视伤损，将尸给亲埋葬"；"狱囚患病，责保看治而死者，情无可疑，亦许亲免检"。

仵作的职责限于尸体的外观检验与观察，所以，并不需要很高的文化与技术。根据传统的看法，检尸本身就是一种不吉利的事，因此仵作的地位是很低的。在明清小说中，虽然常常要提到仵作，但是，真正写成了文学形象的，却只有一个，那就是《水浒传》中的何九叔。这个何九是个团头，兼任仵作，所以他的地位比一般的仵作又要略高一点。武大郎被毒死，西门庆来贿赂何九，何九当时感到很为难。西门庆有钱有势，与官府有勾搭，得罪不得。武大郎不过是个卖炊饼的，是人人看不起的"三寸丁谷树皮"。可是，武大郎有个了不起的弟弟，这弟弟就是景阳冈上打死老虎的武松。"他是个杀人不眨眼的男子，倘或早晚归来，此事必然要发。"长期生活在夹缝中的小人物何九叔，自有他的处世哲学。他的方针是谁也别得罪。凡事都要留下后路，不能把事情做绝了。何九的妻子也不简单，她与何九配合默契，是天生的一对。何九回来后，妻子叫他做两手准备：

若是停丧在家，待武松归来出殡，这个便没什么皂丝麻线。若他便出去埋葬了也不妨。若是他便要出去烧他时，必有跷蹊。你到临时，只做去送丧，张人眼错，拿了两块骨头，和这十两银子收着，便是个老大证见。若他回来，不问时便罢，却不留了西门庆面皮，做一碗饭却不好？

何九不与西门庆作对，要埋就埋，要火化也请便，不作梗，不声张，静观其变。与此同时，要"张人眼错"，藏起两块骨头，留下证据。何九身为仵作，是武大郎毒杀一案中重要的证人。他与任何一方合作，都会对另一方产生不利的影响。他自然地成为双方争取的对象。他倾向任何一方，都可能遭到另一方的嫉恨和报复；所以，他不能不小心从事。武松在与地头蛇西门庆的较量中终于占了上风。强烈的复仇精神，大胆周密的复仇计划，一不做、二不休，果敢无畏而又精细机警的性格，不但是武松战胜西门庆的条件，而且也是使证人何九终于放弃骑墙态度、倒向武松一边的原因。

敬鬼神而用之

公案小说中常有鬼神的描写，如果一概地斥之为迷信，嗤之以鼻，那就未免太简单了。不同的鬼神描写，理应得到不同的评介。即便是纯粹的迷信，也有其历史的、民族的、文化的原因可供研究。

公案小说中的鬼，大多是冤鬼；公案小说中的神，一般都是伸张正义、锄奸除恶之神。伸张正义而需要鬼神的一臂之力，说明了司法的无能与腐败。这类故事的流行，反映了民众对司法深深的失望。《二刻拍案惊奇》讲得好：

何缘世上多神鬼？只为人心有不平。若使光明如白日，纵然有鬼也无灵。（卷十三）

在漫长的古代社会中，平民百姓没有一点民主的权利，侵犯个人的权利与自由是极平常的事情。百姓有了冤屈，一寄希望于青天大老爷，二寄希望于冥冥之中的造物主。所谓"天网恢恢，疏而不漏"，这种现象体现在公案小说中，便是包公、施公、彭公、海瑞的铁面无私，便是"人间私语，天闻若雷；暗室亏心，神目如电"的种种描写。

尽管公案小说中冤魂显灵的描写十分普遍，可是，单纯依靠冤魂申冤报仇的作品并不多。一般都是冤魂显灵、提供线索，或者某种暗示，再借助清官的力量来破案。例如，《警世通言》卷十三的《三现身包龙图断冤》，《三侠五义》中寇珠冤魂的显灵，都是很好的例子。冤魂的出现固然可以造成善有善报、恶有恶报的心理效果，起到劝人为善的作用。可是，这类描写一多，势必贬低清官的智慧。既然冥冥之中自有赏罚，所谓"加减乘除，自有苍穹"，那还要清官干什么呢！所以，在公案小说中，鬼魂的作用一般都限制在一定的范围内。《三现身包龙图断冤》中的鬼魂，留了一个谜让人去猜。包公将这个谜解释得一清二楚，显示了他的智慧。事实上，由于鬼魂的多次显灵，包公的作用被压缩得很小。包公的贡献只是猜了一个谜。《三侠五义》中审郭槐一节，本来可以让寇珠的冤魂来帮忙的，可是，这样处理，包公的形象就要降低了。于是，作者设计成包公饰阎罗、妓女饰冤魂、骗得郭槐口供的情节。这样一来，故事变得真实可信了。由此可见，古人对鬼神、冤魂之类的信仰还是很有限。

对百姓来说，万分无奈之时，无妨寄希望于鬼神。那恶人势力大，奈何不得他，只好希望他"多行不义，必自毙"了。对统治者来说，宣传鬼神也是很有好处的。皇帝也叫天子，是奉天承运的君主。所以，帝王的意志就是上天的意志。"下民易虐，上天难欺"的口号，一则可以标榜自己的为民做主，二则可以警告各级的官吏，搜刮民脂民膏时不要把百姓逼急了。水能载舟，也能覆舟，这个道理他们早已懂得。

统治者本来是把鬼神观念当作一个愚弄民众的工具。可是，欺人者必自欺。天长日久的宣传，使统治者自己也糊涂了。例如，明代的开国皇帝朱元璋，他的本性十分残忍，杀功臣、杀平民，动辄百千。在《剪胜野闻》上就有这样的记载：

洪武十三年五月四日，雷震谨身殿，上亲见霹雳火光自空中下，乃再拜曰："陛下赦臣，臣赦天下。"盖帝时刑戮过厉故云，或云雷火绕宫中追帝。

一个暴君匍匐战栗于霹雳雷火之下，乞求天帝的饶恕，这是一幅多么可笑的图画啊！

但是，鬼神的威慑作用总是十分有限。如果谁以为这种威慑作用能使坏人不敢放手作恶，那就未免太天真了。《金瓶梅》里的西门庆就曾经无耻地声称：

> 咱闻那佛祖西天，也止不过要黄金铺地，阴司十殿，也要些楮
> 镪营求。咱只消尽这家私，广为善事，就使强奸了嫦娥，和奸了织女，
> 拐了许飞琼，盗了西王母的女儿，也不减我泼天富贵。

一边放手作恶，一边"广为善事"，这是一部分统治者的心理。

　　明清以后，统治者越来越重视利用民间信仰来控制百姓的思想，以防止他们"犯上作乱"。例如，朱元璋就曾经下令仿照各级官府衙门的规模改建各地的城隍庙，"以鉴察民之善恶而祸福之，俾幽明举不得幸免"。又命令各级官吏赴任时，都必须向城隍神宣誓就职。官府与鬼神之间的关系日趋密切，鬼神在民众心目中的地位也日趋下降。民众根据自己的切身体验领悟到官府与自身利益的对立。凡是官府热心提倡的事，民众便有一种天然的警惕。这种警惕、戒备乃至于敌意的心理反映到明清的小说里，便常常可以看到，作者与城隍之类带有官方色彩的神开开玩笑，大写这些"官神"的昏庸、贪婪和无能。在蒲松龄的名篇《席方平》里，主角席方平在阎王那儿也没能找到公平。他"魂摇摇不忘灌口"，竟一直告到二郎神那儿。"少日顷，槛车中有囚人出，则冥王及郡司、城隍也。当堂对勘，席所言皆不妄。三官战栗，状如伏鼠。"而二郎神所下判词，尤快人意。

他指责阎王"当掬西江之水，为尔涮肠；即烧东壁之床，请君入瓮"；他斥责郡司、城隍"惟受赃而枉法，真人面而兽心"。对于狐假虎威的隶役，更是毫不客气："当于法场之内，剁其四肢；更加汤镬之中，捞其筋骨。"

古代司法制度生出的
怪胎——讼师

　　中国的古代社会是专制的社会，人民没有民主和自由。司法制度也是不平等的司法。帝王独裁、刑讯逼供，人民没有辩护权，所以，也就没有现代意义上的律师。"律师"的字眼，是在一九一〇年清朝的《大清刑事民事诉讼法》中才出现。可是，这部法典还没有来得及颁布，辛亥革命爆发，大清王朝就灭亡了。孙中山曾组织起草过一个《律师法草案》。北洋军阀时期，据说全国有两千名律师。

　　中国的古代社会虽然没有现代意义上的律师，却有一种帮助人们写诉状、打官司的人，叫作"讼师"。春秋时期郑国大夫邓析就是讼师的祖宗。邓析不但帮助人打官司，而且聚众讲学、招收门徒、传授法律知识和诉讼方法。《吕氏春秋》上说，当时"民之献衣襦裤而学讼者，不可胜数"。邓析以善辩而著名，《荀子·不苟篇》上说：

山渊平，天地比，齐、秦袭，入乎耳，出乎口，钩有须，卵有毛，是说之难持者也，而惠施、邓析能之。

《荀子·非十二子篇》中，更进一步指责邓析的"怪说"是"辩而无用"的货色：

不法先王，不治礼义，而好治怪说，玩琦辞，甚察而不惠，辩而无用，多事而寡功，不可以为治纲纪；然而其持之有故，其言之成理，足以欺惑愚众。是惠施、邓析也。

邓析的善辩，乃至于诡辩，为辩而辩，恰是后世讼师所必须具备的最重要的才能。换言之，能否在各种法律辩护中立于不败之地，乃是衡量一个讼师本领大小的最主要的标志。所谓"为辩而辩"，指的是这样一种意思，即不管为什么人辩护，作为一个讼师，他只为委托人辩护，他必须替委托人作最大限度的辩护。为了辩护的胜利，他可以采用种种诡辩的方法。正是在这种意义上，邓析堪称后世讼师的祖师爷。

《吕氏春秋·离谓篇》中所记载的一个故事可以帮助理解邓析替人打官司是怎么回事。据说春秋的时候，洧水发大水，郑国有个富人淹死了。有一户人家得到了他的尸体。富人的亲属请求赎回尸体，可那户人家索要很多的钱。于是，富人的亲属就去向邓析请教。邓析告诉他："不要着急，除了你，不会有别人去买这具尸体。"不久，收尸的人家看富人家不来赎尸，有点沉不住气了，也去找邓析出主意。邓析安慰他说："没关系，除了你家，富人家从哪儿也买不到这具尸体。"这个故事说明，对邓析来说，为谁辩护、出主意都无所谓。为真理辩护，还是为谬误辩护，都是一样。从上述邓析的故事中也可以看到，诉讼辩护人必须目光犀利、头脑冷静，看准对方的弱点，一下子就抓住问题的要害。

邓析毕竟生活在动荡不安、国家分裂的春秋时期。秦汉以后，建立了大一统的中央集权制，很少再听说有人私自招收学徒、讲授诉讼程序和方法的事。只是在元人周密所著的《癸辛杂识》上见到过这样的记载：

江西人好讼，是以有簪笔之讥，往往有开讼学以教人者，如金科之法，出甲乙对答及哗讦之语，盖专门于此，从之者常数百人。

这是比较特殊的情况。一般都是悄悄地干，大张旗鼓的少。

当讼师的人，有科场失意、屡试不第的学子，有退职的书吏，有当过刑名幕僚的夫子，他们熟悉官场的情形，懂得诉讼的程序、掌握法律文字的技巧。不过，讼师的名声一直不太好。官府骂他们，

　　　　　　　　　公案中的世态

民众也骂他们。"讼师"是好听的，或者就径直骂作"恶讼师""刁健讼棍"。汪辉祖的《佐治药言》及《续佐治药言》《学治臆说》中，对讼师颇多抨击"盖词之讦控多人者，必有讼师主持其事"，"一词到官，不惟见状人盛气望准，凡讼师差房，莫不乐有事"。可见，讼师"乐有事"，是唯恐天下无讼的人。道理也很简单，倘若没有人打官司，讼师也就没饭吃了。"谚云无谎不成状，每有控近事而先述旧事，引他事以曲证此事者，其实意有专属，而讼师率以牵摭为技。"这是说讼师擅长声东击西，把水搅浑，从中渔利。"唆讼者最讼师，害民者最地棍，二者不去，善政无以及人。然去此二者，正复大难。盖若辈平日多与吏役关通，若辈藉吏役为护符，吏役藉若辈为爪牙。"即是说，讼师、地棍乃是危害社会，影响社会安定的两大因素。讼师与衙门吏役互为表里、狼狈为奸，是讼师难去的原因。

明清的小说中，对讼师的描写不多。《歧路灯》第七十回"夏逢若时衰遇厉鬼，盛希侨情真感讼师"，提到一个"有名的讼师"冯健。可是，对冯健的描写不多，也没有特色。作者着力要写的是盛希侨，冯健成了盛的陪衬。《初刻拍案惊奇》的第十一卷《恶船家计赚假尸银，狠仆人误投真命状》也写到一位讼师。富人王甲挟仇杀了李乙。不久破案，王甲供认不讳。可"王甲一时招承，心里还想辩脱，思量无计，自忖道：'这里有个讼师，叫做邹老人，极是奸滑，与我相好。随你十恶大罪，与他商量，便有生路。'"于是，他指使儿子去用重金贿赂这位讼师。邹老人得知后，先去结识了南京一位刑部侍郎徐公。不久，徐公衙门中抓到二十多名海盗。讼师贿赂了徐公，让海盗中的两名苏州人"自认做杀李乙的"。这两名海盗已经判了死刑，再多一条人命，"总是一死"。讼师贿赂了两名海盗的家属。这样，海盗顶了王甲杀害李乙的罪名。结果，王甲推翻了原供，"平反出狱"，一切都安排得天衣无缝，从中可看到讼师诡计多端。

明清小说中，讼师一直未能成为成功的文学形象，似乎这一职业尚未引起作家观察的兴趣。可是，在明清笔记中，有关讼师的故事颇为不少。《清稗类钞》上有这样一个故事，可以帮助了解一下讼师与官府之间那种不和谐的关系。有一个讼师，叫袁宝光。有一天，他去替人写状词，回家时，已经夜深了。半路上，恰好遇到太守出来巡夜。太守问他："你是谁？"袁回答："监生袁宝光。"太守问："半夜三更，你出门干什么？"袁撒谎说："作文去了，才回来。"太守早就听说袁宝光有"善讼"之名，所以穷追不舍，揪住不放："作的什么题？"袁回答："君子以文会友。"太守问："你写的稿子呢？"袁无奈，硬着头皮把替人写的状纸递了上去，太守命士卒提灯来看。袁宝光等太守刚把状纸展开，就突然上前抢过那张纸，一下子塞到嘴里，吞下去了，然后笑着说："监生文章不通，怕您见笑。"太守没抓住证据，只好把他放了。从这个故事来看，讼师虽与吏役勾结，但唆人讼告，毕竟不是光彩的事。一般都不能以此为唯一的职业，

　　　　　　　　　　　公案中的世态

而必须用其他职业来做掩护。讼师与官府勾结，就得与官府分肥。在讼师来说，勾结官府也是有利有弊，能独吞的就尽量独吞。因此，官府与讼师之间，有一种不痛不痒的矛盾。

《清稗类钞》上还写到，苏州有个讼师，叫陈社甫。他的同乡王某，富有而胆小。王某曾经借钱给一个寡妇。寡妇穷困，拖了好久也没有把钱还上。王某派人把寡妇叫来，数落了她一顿。寡妇羞愤，当天半夜自缢于王家门口。当时正好打雷下雨，谁也没有发现。快天亮的时候，王某才发觉此事。他十分害怕，不知如何是好。就去找陈社甫商量。陈说："这事要五百两银子，我才能替你设法。"王某一想，人命关天，五百两也得拿，就答应了。陈说："赶快找双干净鞋给她换上。"王某遵命，立刻派仆人给死去的寡妇换了鞋。陈社甫立即振笔疾书，一会儿就写了一张一千多字的状纸。中间有这么几句警句：

八尺门高，一女焉能独缢；三更雨甚，两足何以无泥？

后来状子递上去，官府看到这里，也为讼师的雄辩所打动，认为这是有人移尸陷害王某，只是判王某买具棺材就完事了。所以，讼师虽然只知要钱，但这碗饭也不是好吃的，必须一下子说到点子上。至于制造假证，那还是辅助的手段。

衙役出身的好汉

古代社会里，官府与人民对立，衙役则是官府的爪牙，当然是百姓的对头。具体到每一个人，当然不能一概而论。衙役不能个个都像董超、薛霸，衙役中也有好人。《苏三起解》里的崇公道，也还是不错的。《隋唐演义》中赫赫有名的好汉秦琼，不就是一名捕快吗？

《水浒传》中众多好汉，在衙门当过差的很不少。山寨里坐第一把交椅的宋江是个县衙的押司。他不算衙役。他的好朋友黑旋风李逵是个牢子，工作是看管犯人。李逵心直口快，这是他的可爱之处。可是，他在衙门里待着，不能出淤泥而不染。他到江边去要鱼，人家回答他说，渔牙主人没来，不敢开舱，李逵竟敢强抢，大打出手。如果不是衙门中人，光天化日之下，恐怕不敢如此撒野。宋江的另一个好朋友戴宗是个押牢节级，是李逵的顶头上司。戴宗是有身份的人，当然比李逵有修养。可是，戴宗的第一次亮相，竟与林冲刺配沧州遇到的那位差拨毫无二致。宋江刺配到江州，故意没给节级戴宗送去常例人情。结果，戴宗大怒，一见面就大骂宋江："你这黑矮杀才，倚仗谁的势要，不送常例钱来与我？""我要结果你也不难，只似打杀一个苍蝇。"谁知宋江已经知道了戴宗与梁山泊的吴用有联系，这下可把戴宗给镇住了。这个刚才还大发雷霆、勒索银两的节级大人"慌忙丢了手中讯棍"，向宋江赔礼道歉。戴宗自己说："往常时，但是发来的配军，常例送银五两。"可见，这是他的一项日常的非正式收入。

铁臂膊蔡福、一枝花蔡庆兄弟俩是押狱，蔡福还兼做行刑的剑子手。卢俊义入狱以后，卢家的主管李固走蔡福的后门，拿了"五十两蒜条金"，让蔡福"今夜晚间，只要光前绝后"，即是说让蔡福取便行事，"好歹结果了他（卢俊义）的性命"。可是，蔡福的胃口大得很，他可不是没有见过钱的人。他知道卢俊义是北京有名的大财主，这五十两金子如何办得下来。李固无奈，又添了五十两。蔡福还是不干。一个大财主，就值这点钱吗？最后，涨到五百两，"蔡福收了金子"，告诉李固，"明日早来扛尸"，"李固拜谢，欢喜去了"。可见，蔡福与董超、薛霸也没有多大区别。只是蔡福派头大、要价高，不像董超、薛霸那么小家子气。蔡福一开口就要五百两，少了不干。董超、薛霸派头就小多了。押送林冲时，陆谦很吝啬，只给了董超、薛霸每人十两金子。事成之后，再补十两。当然陆谦的背后是高太尉，董超、薛霸不敢还价。押卢俊义时，李固给他们一人五十两，事成之后，一人再给五十两。本来卢俊义就要死在蔡福手里，谁知柴进、戴宗又来走门子，一出手就是一千两黄金。搞得蔡福"摆拨不下，思量半晌"，又和蔡庆商量半天。最后，还是一千两黄金吸引力大。宋江"救得救不得，自有他梁山泊好汉"，他俩只是"替他（卢俊义）上下使用"，"葫芦提配将出去"，就算尽了心了。

蔡福是押狱兼刽子手，与他干同样职业的还有病关索杨雄。杨雄在小说中的第一次亮相，就是"才去市心里行刑了回来"。只见"前面两个小牢子，一个驮着许多礼物花红，一个捧着若干缎子彩缯之物；后面青罗伞下，罩着一个押狱刽子"。这"押狱刽子"就是杨雄。原来是行刑同来，"众相识与他挂红贺喜"。

宋江坐牢，引出戴宗、李逵；卢俊义入狱，引出了蔡福、蔡庆。解珍、解宝吃官司，又带出孙立、孙新、顾大嫂、乐和等人。这乐和，绰号铁叫子，也是个牢子。干的工作与李逵一样，性格、爱好却与李逵相反。李逵性格直爽而粗鲁、莽撞。乐和却是"一个聪明伶俐的人，诸般乐品，尽皆晓得，学着便会，作事见头知尾"。所以，衙役之中，也不尽是粗鲁汉子，还有乐和这样懂音乐的人。

明清的小说、野史、笔记里，衙门中的正面形象主要是捕快。捕快也要钱，但另一面也要破案。破案破得好，便受人称赞，写到书里，就成了正面形象。《醒世恒言》第十三卷《勘皮靴单证二郎神》，写到一位三都捉事使臣冉贵。他从一只靴子入手，顺藤摸瓜，排除一个个可疑的对象，最后找到了"淫污天眷"的罪犯。《二刻拍案惊奇》第四卷《青楼市探人踪，红花场假鬼闹》，写一个五条人命的大案。察院的谢廉使派了手下的两名承差——史应和谢能，去体访尸首实迹。史应、谢能"乃是点头会意的人"，都是"衙门老溜，好不乖觉"。他俩乔装打扮，装作买红花的客人，与杨金事家的纪管家混熟了，成了结义的弟兄。终于摸得底细，为破案立了大功。

捕快中确有人才，并非个个都是贪黩无能之徒。陆长春所著《香饮楼宾谈》，记载着这样一个捕快破案的故事。有一位姓顾的捕快。他所在的武进县，有一家姓庄的人家，共兄弟三人。平昔横行乡曲，号称"庄氏三虎"。当时城里盗案频发，抢劫的事也屡有发生，可就是找不到破案的线索。顾捕役十分怀疑庄氏兄弟，但是没有找到证据。于是，他和几个同事晚上就悄悄地去观察庄家的动静。只见屋里"灯烛照耀如昼"，几个人靠在一具棺材上，嘻嘻哈哈，没有一点悲痛的表情。第二天，顾捕役化装成乞丐，来到庄家门口，问庄家的仆人："这死者是谁啊？"仆人回答说："是庄家的叔叔。"顾捕役又到庄家的邻居那儿去查访，证实半月以前庄家确有一个叔叔去世，但他的棺材早已埋在野外地里了。顾捕役把他查访的情况迅速向县令作了汇报，县令领兵前往庄家。庄氏兄弟见县里来人，态度十分蛮横，坚决不让开棺。并扬言："尸体入棺已经很久，现在无故开棺验尸，倘若查不出什么，这个罪谁来承担？"顾捕役当场立状具结，愿意承担一切后果。于是，开棺检验。谁知打开一看，里面竟躺着一个白胡子老头。庄氏兄弟抓住了理，趁机大闹，殴打顾捕役。这时候，县令也吓得要逃跑，"一室沸然"，独有顾捕役十分冷静。他心想："这尸体终究有些可疑。"就大胆地上前，揭开了尸体上的衣被。只见衣被之下都是耀眼的金银。原来人头是真，衣被下盖的却尽是盗劫来的金钱。庄氏兄弟一看，"相顾无人色"，县令就让士兵们把庄氏兄弟抓了起来。类似这样的捕快破案的故事，在明清笔记中并不少见，如清宋蘅子所著《虫鸣漫录》中所记的捕快曹福、青城子著《志异续编》中的退职老捕，都是精明强干的破案能手。

公案中的世态

衙蠹损官声

蒲松龄曾经在《循良政要》一文中对衙役的嘴脸作过这样的描绘与概括：

凡为衙役者，人人有舞文弄法之才，人人有欺官害民之志。盖必诱官以贪，而后可取溪壑之盈；诱官以酷，而后可以济虎狼之势。若少加词色，则必内卖官法，外诈良民，倚势作威，无所不至。往往官声之损，半由于衙蠹，良可惜也！但其人近而易亲，其言甘而易入；又善窥官长之喜怒，以为逢迎。若居官数年而无言听计从之衙役，必神明之宰，廉断之官也。

蒲松龄长期生活在社会下层，又在县衙做过幕僚，所以他对衙役是那么了解，又那么鄙视和痛恨。

"公人见钱，如苍蝇见血""任你官清如水，难逃吏猾如油"，这些民间谚语都是人民生活经验的概括，反映了人民对衙役胥吏的印象。在某些情况下，衙役胥吏比贪官还可恶。老百姓见官不容易，接触较多的，就是"三班六房"的衙役胥吏。其中，尤以衙役接触为多。因为这一原因，明清小说对衙役颇多描写，其中不乏成功的典型。

要认识衙役的嘴脸，不能到《三侠五义》这样的小说里去找材料。《三侠五义》中的包公是理想化的。他手下的衙役，以张龙、赵虎、王朝、马汉为代表，也都带有理想化的痕迹，简直都是爱民模范。历史上的包公确实为政清廉，一尘不染。平生最痛恨的，是墨吏贪官。据说包公死后，宋仁宗亲自到包公家里参加祭奠，看到包公家中俭约的情况，心里很难过。难过什么呢？可能是良心发现，心中有愧吧。包公是一清如水，无疑问的了，可是他手下的衙役，就很难保证个个都那么廉洁奉公。沈括的《梦溪笔谈》中就有这样的记载：

包孝肃尹京，号为明察。有编民犯法当杖脊，吏受赇，与之约曰："今见尹，必付我责状，汝第号呼自辩，我与汝分此罪，汝决杖，我亦决杖。"既而包引囚向毕，果付吏责状，囚如吏言，分辩不已。吏大声呵之曰："但受脊杖出去，何用多言！"包谓其市权，挞吏于庭，杖之十七，特宽囚罪，止从杖坐，以抑吏势；不知乃为所卖，卒如素约。小人为奸，固难防也。

明察秋毫如包拯，尚有为衙役所欺之时，一般的平庸之辈，更是可想而知。《三侠五义》写开封府，写得明镜高悬，很理想。当笔墨转向别的府县时，就现实一点了。例如，颜查散在祥符县受诬入狱。他的书童在牢里服侍他。当时颜查散是个穷书生，贾牢头跑来警告其书童雨墨："我们若遇见都像你们这样打官司，我们都饿死了。"他还给雨墨出主意，叫他和主人把有钱的亲戚给咬出来。"我们弄他的银钱，好照应你们相公呀！"不一会儿，白玉堂来牢里打点，"刚才上衙门口略一点染，就是一百两"。贾牢头得了这个信息，马上眉开眼笑，满面春风地告诉雨墨，说刚才的话都是闹着玩的。

　　真正写出衙役嘴脸的，还是那些一二流的小说。这些小说并不是公案小说，但有时也要写到公案。《水浒传》里的董超、薛霸，是人们所熟悉的。押林冲的是他俩，押卢俊义的也是这两位。两次都是受了贿赂，要害人性命。得了钱杀人倒也罢了，一路上他们还要折磨犯人。到了客店，他们故意"烧一锅百沸滚汤"，把林冲的两只脚死命地按在水里，烫得林冲"脚上满面都是燎浆泡"。对于卢俊义，也是如法炮制。看来，这两位衙役虽然心术不正，但创造力还是有限。

《水浒传》中写得更好的衙役，是沧州的那位差拨。林冲刚去，没有给他上贡，差拨"变了面皮，指着林冲骂道：'你这个贼配军，见我如何不下拜？却来唱诺！你这厮可知在东京做出事来，见我还是大剌剌的。我看这贼配军，满脸都是饿文，一世也不发迹！打不死、拷不杀的顽囚！你这把贼骨头，好歹落在我手里，教你粉骨碎身。少间叫你便见功效。'"可怜当年的八十万禁军教头，竟叫一个小小的差拨"骂得一佛出世，那里敢抬头应答"。可是，当林冲把十五两银子递上去以后，差拨的态度立即来了个一百八十度的大转弯。说话也变得十分受听："林教头，我也闻你的好名字，端的是个好男子！想是高太尉陷害你了。虽然目下暂时受苦，久后必然发迹。据你的大名，这表人物，必不是等闲之人，久后必做大官。"刚才还是"贼配军""贼骨头"，转眼就成了"林教头""端的是个好男子"！刚才说是"在东京做出事来"，现在"想是高太尉陷害你了"。他简直是有点信口开河，也不怕人家把他攻击高太尉的话汇报上去。刚才骂林冲"一世也不发迹"，是绝对没希望了。忽然又"久后必做大官"了。有趣的是，因为送了十五两银子，连林冲的仪表也焕然一新了。早先是"满脸都是饿文"，现在却是"这表人物"，成了"久后必然发迹"的大福之相了。难怪林冲叹息说："'有钱可以通神'，此语不差。端的有这般的苦处。"

吴敬梓的笔下，颇有几个成功的衙役形象。《儒林外史》第一回王冕故事中的那个翟买办，就让人忘不了。看他一口一个老爷，处处用县太爷的名头压人。再看小说第二回的那个夏总甲，虽然作者在他身上花费的笔墨不多，这个角色在周进的故事中也不是很重要。但是，作为一个衙役小头目，这个形象写得很成功。夏总甲身上的"衙门味"很重。他的出场就十分精彩：

正说着，外边走进一个人来，两只红眼边，一副锅铁脸，几根黄胡子，歪戴着瓦楞帽，身上青布衣服就如油篓一般，手里拿着一根赶驴的鞭子，走进门来，和众人拱一拱手，一屁股就坐在上席。

接着，就是吩咐和尚："把我的驴牵在后园槽上，卸了鞍子，拿些草喂得饱饱的。我议完了事，还要到县门口黄老爹家吃年酒去哩！"在这里，不能不佩服中国古代小说家运用白描、对话刻画人物的功夫。没费多少笔墨，就把一个志得意满、粗俗不堪的衙役小头目的嘴脸刻画得惟妙惟肖。"卧闲草堂本"的评语就此叹息道："夫总甲是何功名，是何富贵？而彼意气扬扬，欣然自得，颇有'官到尚书吏到都'的景象。"枕箱一案中那个讹了马二先生九十多两银子的差人，拉匡超人下水的潘三，都是十分成功的衙役形象。

人们也许会这么想，这都是小说，生活中的衙役是不是那么坏？真实的司法是不是那么腐败与黑暗？应该说，事实比之小说是有过之无不及。古代社会中司法的黑暗，绝非局外人所能想象。只要读一读方苞的《狱中杂记》，就不难得其梗概。《狱中杂记》写的是康熙盛世刑部监狱的情形。文中写道：凡有案件，"必多方钩致"，株连宁多勿少。"然后导以取保，出居在外，量其家之所有以为剂。而官与吏部分焉。中家以上，皆竭资取保；其次，求脱械居监外板屋，费亦数十金；惟极贫无依，则械系不稍宽，为标准以警其余。"结果是"情罪重者，反出在外，而轻者、无罪者羁其毒，积忧愤，寝食违节，及病，又无药，故往往至死"。死刑时所受痛苦的大小，也取决于贿赂的多少："其极刑，曰：'顺我，即先刺心；否则，四肢解尽，心犹不死。'其绞缢，曰：'顺我，始缢即气绝；否则，三缢加别械，然后得死。'"唯独对于砍头没法要挟，那也要留下死人的头作抵押，让死者的亲属来赎。"富者略数十百金，贫亦罄衣装。"实在穷得无可孝敬的，就千方百计折磨他们，杀一儆百，使他人不会产生侥幸之心。

康熙是清朝最明智的帝王。他统治的时候，刑部监狱里都这么黑暗，其他各朝，更是可想而知。小说中的黑暗，看来不过是冰山的一角而已。

　　　　　　　　　　公案中的世态

明代的"法制文学"（上）

　　凌蒙初的"二拍"，多半写公案。大凡惊官动府、耸人听闻的各种民事纠纷、刑事案件，都是他很感兴趣的题材。注意到了"二拍"取材的这一特点，也就不难理解凌蒙初在其《拍案惊奇序》中提出的如下观点：

　　今之人但知耳目之外，牛鬼蛇神之为奇，而不知耳目之内，日用起居，其为谲诡幻怪，非可以常理测者固多也。

凌蒙初想把描写"耳目之内，日用起居"与"谲诡幻怪"统一起来，提出了写"耳目前之怪怪奇奇"的创作主张。其实，凌蒙初所谓的"耳目前之怪怪奇奇"，主要是各种民事纠纷，刑事案件。正是这类题材，满足了"耳目之内，日用起居"与"谲诡幻怪"统一的要求。凌蒙初堪称明代公案小说的代表作家，他的"二拍"简直就是明代的"法制文学"。

不妨看一看，"二拍"写了一些什么样的案件。"初刻"的第二卷，题作《姚滴珠避羞惹羞，郑月娥将错就错》。这一卷的"人话"部分写了一个冒名顶替的诈骗案。罪犯是汴梁城中的一个女巫。她的相貌酷似金人掳去的柔福公主。她从散落民间的宫女那里打听到很多宫廷内部的轶闻故事。于是，她便"诣阙自陈，称是柔福公主，自虏中逃归，特来见驾"。上自皇帝，下至宫婢，居然都被她瞒过。我们不能不佩服她的冒险精神和随机应变的本领。直到绍兴十二年显仁太后"自虏中回銮"，这个假公主才暴露。作者叹息道："虽然没结果，却是十余年间，也受用得够了。"

"初刻"第二卷的正文写了一个复杂的案子。姚滴珠不堪公婆的辱骂，私回娘家。途中被歹人拐骗，卖去做妾。姚滴珠失踪以后，她的娘家指责婆家将女儿谋害。妓女郑月娥的相貌与姚滴珠十分相似。为了脱却妓籍而从良，她就冒名顶替，诡称自己是失踪的姚滴珠。这样，假"命案"得以"解决"，而前面那件拐骗贩卖妇女的案子却被掩盖起来。最后，真姚滴珠为应捕访获，案情真相大白。小说着力写的是姚滴珠的命运，围绕姚的命运，写到一些社会问题。至于怎么破案，作者没有花费多少笔墨。

"初刻"的第四卷《程元玉店肆代偿钱，十一娘云冈纵谭侠》，主要写一位侠女。她似乎就是"侠女十三妹"的前身。故事中写到

　　　　　　　　公案中的世态

一伙"月黑杀人""风高放火"的强盗。

"初刻"的第六卷，唤作《酒下酒赵尼媪迷花，机中机贾秀才报怨》。这一卷写了两个故事，都是风流少年，借尼姑之力，设下圈套，勾引良家妇女。在前一个故事中，主角狄氏中计后"有些动情"，后来"其夫觉得有些风声，防闲严切，不能往来。狄氏思想不过，成病而死"。这个案子自消自灭，没有惊动官府。在后一个故事中，巫氏"中了尼姑毒计，到底不甘，与夫同心合计，弄得尼姑死无葬身之地"。巫氏诳骗卜良来幽会，咬下了卜良的半截舌头。贾秀才杀了老尼、小尼，却将卜良的半截舌头放在尼姑的嘴里，做成卜良强奸杀人的假现场。卜良被人咬去了半截舌头，自然是跳到黄河洗不清，结果是公堂上被人活活打死。表面上是一个强奸杀人案，实际却是一个借刀杀人的假案。卜良奸骗妇女是真，杀人是假，他落入了别人精心设计的陷阱之中。真凶贾秀才、同谋巫氏逍遥法外，报了仇，全了名声，可谓如愿以偿。老尼贪图钱财，为人牵线，是卜良强奸巫氏的帮凶，可是，尚不至于死罪。至于小尼，实属冤枉。

将这篇小说的两个故事对比一下，便可以明白作者的倾向。狄氏和巫氏都中计"失身"，可是，狄氏"自己水性"、"没正经了"，而巫氏则"报仇雪耻"，又"不露风声"。前者受到作者的嘲笑，后者得到作者的赞扬。可见，作者对强奸"失身"的妇女有一定谅解。然而，"失身"毕竟是一件严重的事。所以，小说最后说："只是巫娘子清白身躯，毕竟被污，外人虽然不知，自心到底难过。"这篇小说中另一个值得注意的问题是：因为社会上普遍流行的贞节观念，所以，巫氏被污后，不敢声张，所谓"哑巴吃黄连"。此时此地，巫氏既不甘心白白受污，又不便诉诸公庭，坏了自家名声，就与丈夫合谋，制造假案，借刀杀人。这样，她从一个强奸案的受害者变成一个预谋杀人的罪犯。作者用谅解、宽容甚至赞赏的态度描述了巫氏及其丈夫的复仇过程。至于巫氏及其丈夫制造假案，预谋杀人，该当何罪，作者就不管了。这就再一次体现了中国古代道德重于法律的社会心理。

"初刻"第八卷写的是江河湖海上的抢劫杀人案。题目是《乌将军一饭必酬，陈大郎三人重会》。江河湖海上的谋财害命，在明清小说中屡见描写，几成俗套，真可谓风波浪里冤魂多。可是，这篇小说的立意却与众不同。作者的旨意是，绿林中"虽然只是歹人多，其间仗义疏财的，倒也尽有"。所谓"世间每说奇男子，何必儒林胜绿林"！将"二拍"与"三言"对比，常觉"二拍"对社会的暴露不如"三言"深刻，这在总体上说是不错的。可是，从"何必儒林胜绿林"这一类话去看，凌蒙初也有他愤世嫉俗的一面。

第十卷《韩秀才乘乱聘娇妻，吴太守怜才主姻簿》写的是一桩民间的婚姻纠纷。嘉靖皇帝登基时，浙江谣传，朝廷要来挑选宫女。于是，"一时间，嫁女儿的，讨媳妇的，慌慌张张，不成礼体"。在

公案中的世态

这场抢新郎的狂潮中，"开典当的徽州金朝奉"要把自己的女儿嫁给穷秀才韩子文，还签了婚约。点绣女的混乱促成了这桩门不当、户不对的姻缘。可是，不久谣言平息，金朝奉悔不当初，企图赖婚，韩子文拒绝，于是官司打到衙门。结果，太守怜才，财主居然败诉，"打得皮开肉绽，叫喊连天"。最后，韩子文"春秋两闱，联登甲第"，故事终于落入"洞房花烛夜，金榜题名时"的窠臼。作者借一桩婚姻纠纷，写了点绣女在民间引起的骚动，写了嫌贫爱富的炎凉世态。财主女儿嫁了穷秀才，大有向门第观念挑战的意思，可后来穷秀才又"联登甲第"，又向门第观念妥协。看来门不当、户不对还是行不通。这个故事还说明，在中国古代社会里，刑法与民法不分，民事纠纷也往往从民事诉讼开始，而以刑事审理判决终结。而地方官在审理民事纠纷的时候，居然可以随意动用刑具。

"初刻"的第十一卷从题目看就是一篇公案小说：《恶船家计赚假尸银，狠仆人误投真命状》。这一卷的"入话"部分是一个命案。王甲挟仇杀了李乙。不久，案破，王甲银铛入狱。讼师接受了王甲的贿赂，为其划策设谋，让邻县的死囚顶了杀害李乙的罪名。于是，王甲"平反"出狱。讼师的诡计得逞，真凶出狱，"无罪"释放。案子弄"真"成"假"。可是，故事如此结束，作者又觉得太便宜了王甲，小说也就起不到劝人为善的教化目的，所以，他又乞灵于鬼神，请李乙的冤魂出来帮忙，将王甲缠住。王甲"蓦然倒地，叫唤不醒，霎时气绝"。在公案小说中，凡是法官智慧不够用的时候，凡是故事的发展有可能打破善恶报应的规律的时候，那是十之八九要请鬼神出来帮忙的。幸亏鬼神是不分地点场合，随叫随到的。这也就是鲁迅深恶痛绝的"瞒和骗"。

这一卷的正文写一个船家以假尸讹人、诈取财物的故事。这是一个典型的敲诈勒索案。在这个案子中，船家是自始至终明白底细的人。被讹人王生起初为船家所骗，以为姜客真的不堪殴打，死在船上。值得注意的是作者的态度：

> 看官听说，王生到底是个书生，没甚见识。当日既然买嘱船家，将尸首载到船上，只该聚起干柴，一把火焚了，无影无踪，却不干净？只为一时没有主意，将来埋在地中，这便是斩草不除根，萌芽春再发。

作者不但不责备王生的"私了"命案、船家的"知情不举"，反而为王生出谋划策，为王生没能把尸首烧掉而惋惜不已。真是一点法制观念也没有。

第十四卷《酒谋财于郊肆恶，鬼对案杨化借尸》，包括三个故事。第一个故事写两家争地，争执斗殴，误伤人命。从今天的眼光去看，这是过失杀人，"问成死罪"，量刑未必恰当。第二个故事，丁戍贪图卢彊财物，"遂与狱吏两个通同，送了他二十两银子，摆布杀了卢彊"。第三个故事写谋财害命。

第十五卷写了两个房产交易引起争执的故事。按性质来说，都属于民事纠纷。这一卷的题目是《卫朝奉狠心盘贵产，陈秀才巧计赚原房》。两个故事都写乘人之危，贱价买进他人房产。及至原主来赎，却高抬房价，百般刁难。原主不平，设计赚回。值得注意的是，原主赎回房产所采用的手段。在前一个故事中，原主李生的朋友贾秀才来到买主慧空的卧室。将慧空的僧衣僧帽穿上，"悄悄地开了后窗，嘻着脸与那对楼的妇人，百般调戏。直惹得那妇人焦躁，跑下楼去"。结果，对楼来了十来个汉子，将和尚臭骂一顿，"将家火杂物，打得雪片。将慧空浑身衣服，扯得粉碎"。慧空安身不牢，只好按原价将房产退还李生。在后一个故事中，原主陈秀才居然将来历不明的死尸，偷偷地埋在买主卫朝奉的园子里，以此讹诈对方，让他乖乖地交回房产。从法律上说，卫朝奉固然是个市侩，然而，他的贱买贵卖完全合法，而陈秀才以假尸讹诈，却是犯了敲诈勒索罪。这两桩民事纠纷都先用"私了"的方式解决了。从中可以看到重动机、轻手段的传统民族心理。

"初刻"的第十六卷《张溜儿熟布迷魂局，陆蕙娘立决到头缘》，"入话"部分写了一个拐骗妇女案。"那扈老儿要讨晚婆"，恰好有个中年婆娘找上门来，自己说是儿子不孝，跑出来的。扈老儿"只道是：'白得的，十分便宜。'谁知到为这婆子，白白里送了两个后生媳妇"。整个骗局设计得天衣无缝，难怪扈老儿一家落入圈套。这一卷的正文写一伙拐子，以美人为诱饵，"只要哄得成交，就便送你做亲"。"到了次日，却合了一伙棍徒，图赖你奸骗良家女子，连人带箱尽抢了去。"这桩案子诈骗与敲诈兼而有之。案子的解决也富有戏剧性。作钓饵的美人陆蕙娘关键时刻"叛变"。她看上了受骗人沈灿若，将骗局的底细全盘托出，与沈灿若双双逃去，远走高飞。拐子的计划全部泡汤，可谓"赔了夫人又折兵"。

"初刻"第十七卷写寡妇与道士通情。儿子作梗。寡妇告儿忤逆，开封府识破真情，惩罚了道士与寡妇。从这篇小说可以看出作者对寡妇的偏见。在作者看来，寡妇应该从一而终，而寡妇要改嫁，是可笑可鄙的。这一卷的题目是《西山观设箓度亡魂，开封府备棺追活命》。

"初刻"的第十八卷《丹客半黍九还，富翁千金一笑》写丹客道士，大言欺人，诡称"吾有'九还丹'，可以点铅汞为黄金"。俗话说，太公钓鱼，愿者上钩。居然有杭州富翁潘翁那样的笨伯，大上其当。"黄白之术"已是骗人，丹客又辅之以美人计。动之以财，诱之以色，两计并用，双管齐下，连骗带诈，讹去数千黄金。丹客诡称，富翁玷污了他的妾，法术失灵，而富翁竟信以为真，死而不悟。

"初刻"的第十九卷从唐人小说改编来，题目是《李公佐巧解

　　　　　　　　　　公案中的世态

梦中言，谢小娥智擒船上盗》。这是一个复仇故事，而且复仇者是一位年轻的女性。谢小娥复仇，情有可原，但是，她手刃仇人，也触犯了刑法，是一种较轻的蓄意杀人罪。

第二十四卷《盐官邑老魔魅色，会骸山大士诛邪》，"入话"部分写了一个谋财害命的案子。凶手是和尚，被害人是一位徽商。

"初刻"的第二十六卷写了两件命案。题目是《夺风情村妇捐躯，假天语幕僚断狱》。前一件案子，写郑举人无意中发现，禅室地板下藏着一个"少年美貌妇人"。和尚察觉机关为郑生看破，企图杀人灭口。结果反而被郑生用酒壶砸死。郑生在生命受到严重威胁的情况下将和尚杀死，显然属于正当自卫。后一件案子，写和尚争风，将村妇杀死。老和尚事先准备了凶器，说是"看他若再不知好歹，我结果了他！"所以，无论从客观、还是从主观上看，老和尚犯的都是蓄意杀人罪。

"初刻"的第三十四卷《闻人生野战翠浮庵，静观尼昼锦黄沙衖》，"入话"部分写"男假为女，奸骗亡身的故事"。正文写"女妆为男，偷期后得成正果的话"。都是尼姑偷情，以致惊官动府的案子。人们常常喜欢将"三言""二拍"与西方的《十日谈》相比，这一类尼姑偷情的故事也许是最好的材料了。可是，同样写尼姑偷情，《十日谈》是用欣赏的笔调，对禁欲主义采取冷嘲热讽的态度，而"翠浮庵"一篇是用否定的态度来写，而写尼姑偷情，也只是为了迎合读者的庸俗趣味，看不出鼓吹个性解放的意思，也看不到鼓吹个性解放的社会作用。故事中偷情的尼姑，被作者写成色中饿鬼。

"初刻"中还有一些篇章，也是写公案。例如第二十七卷《顾阿秀喜舍檀那物，崔俊臣巧会芙蓉屏》，"入话"涉及一桩拐骗贩卖妇女的案子。正文涉及一桩船家抢劫杀人的案子。第三十卷《王大使威行部下，李参军冤报生前》讲谋财害命，冤魂索命。第三十三卷《张员外义抚螟蛉子，包龙图智赚合同文》，写两个遗产案。一是幼儿与女婿争，一是伯母与侄儿争。古代小说中写遗产争夺，常带有宗法制的偏见。常常把儿子写成好的，把女婿写成坏的。儿子是自家人，女儿是人家的人，女婿则更是外人了。所以，侄儿也比女婿亲。

公案中的世态

明代的"法制文学"（下）

　　《二刻拍案惊奇》的第四卷《青楼市探人踪，红花场假鬼闹》写了凶杀。一共是五条人命。张贡生主仆五人去乡宦杨金宪家索讨旧欠。谁知杨吝财不还，竟将张贡生一行五人全部杀害。此案情节之恶劣，手段之残忍，令人发指。这篇小说的与众不同之处是，详细描写了破案的全过程，突出了办案人员的智慧。它与现代侦探小说的区别在于，作者将作案者放在明处，并没有围绕"谁是罪犯"形成悬念。

　　"二刻"的第五卷写一个未遂的拐卖儿童案。题目是《襄敏公元宵失子，十三郎五岁朝天》，大意是写神童的智慧。这本是一个老题目，可是，作者通过一个拐骗儿童的案子来写，给人以新鲜之感。五岁的孩子，他居然知道在拐子衣服上留下标记，又知道在官轿来的时候发难，大喊起来，吓得拐子只好撇下他逃命。

　　"二刻"的第八卷《沈将仕三千买笑钱，王朝议一夜迷魂阵》

写一个精心设计的骗局。故事讲的是有一伙骗子，"挟了几个上厅有名粉头"，以赌钱玩耍为名，以美人为诱饵，设下圈套，专门诈骗那些缺乏经验、好赌急色的纨绔子弟。这篇公案小说打破常规，一直拖到结尾才将谜底点破。作者从受骗者的角度写诈骗的全过程，更突出了骗局的巧妙构思。全文组织细密，前后呼应，无懈可击。

第十卷《赵五虎合计挑家衅，莫大郎立地散神奸》，讲的是一群无赖，要借莫翁私生子兴讼生事，以便从中渔利的故事。这是一篇多主题的公案小说。传统社会中妻妾制带来的家庭矛盾与纠纷，是这篇小说的背景。作者试图告诉我们，自家人兴讼生事，只是便宜了外人。传统社会中，男尊女卑，所以女子以嫉妒为病，男子以惧内为羞。作者就是站在这种立场上来写小说的背景。所以，他对十分厉害的莫姥姥非常反感，把她写成妒妇。对"娶妾买婢，好些风流快活的念头"的莫翁，却十分宽容，把他写得有点可怜。双荷怀了孕，莫翁不敢留，只好将她嫁人，以免"狠家主婆"来"打骂不容"。作者对一家人兴讼反目的故事看得多了，他深有感慨地说："大凡人家些小事情，自家收拾了，便不见得费甚气力。若是一个不伏气，到了官时，衙门中没一个肯不要赚钱的。不要说后边输了，就是赢得来，算一算费用过的财物，已自合不来了"，"自古说：'鹬蚌相持，渔人得利。'到收场想一想，总是被不相干的人得了去。何不自己骨肉，便吃了些亏，钱财还只在自家门里头好！"凌蒙初的这些感慨不是一种孤立的现象，在明清时期，社会上的市侩主义逐渐得势。利之所在，无所不为。他们连传统道德也不愿遵守。这种市侩主义瓦解着古老的宗法关系。统治阶层中的一些人感到了市侩主义的这种威胁，企图用重新强调宗法思想、强调宗法关系的方法来抵制市侩主义的腐蚀。凌蒙初的上述感慨就是这股思想潮流中的一朵浪花。可是他也提不出多少办法，只能呼吁互谅互让，宁可自己吃亏，不要"被不相干的人得了去"。

"二刻"的第十四卷写一个以美人为诱饵、以金钱为目标的诈骗敲诈案。题目是《赵县君乔送黄柑，吴宣教干偿白镪》。这一卷的写法与第八卷《沈将仕三千买笑钱，王朝议一夜迷魂阵》的写法相似，从受骗人的角度，去写骗局的全过程，到最后才点破，极写骗局的周密和巧妙。

"二刻"的第十五卷《韩侍郎婢作夫人，顾提控掾居郎署》，从一个诬告陷害的案子写起。卖饼的江溶"生意从容，衣食不缺，便传说了千金、几百金家事"。旁人看了红眼、动火，就诬告江溶是海贼的窝家。从这个诬陷案引出一个行侠仗义的男子汉顾提控。江溶要报顾的搭救之恩，想把女儿送给顾做妾，可是，顾提控死活不肯。他的思想境界不低：

他家不幸遭难，我为平日往来，出力救他。今他把女儿谢我，我若贪了女色，是乘人之危，遂我欲心。与那海贼指扳，应捕抢掳，肚肠有何两样？顾某虽是小小前程，若坏了行止，永远不吉。

女儿终身，竟作了报恩的礼物，在今人看来，也许不太妥当。可是在当时，子女为父母所有，充作礼品，送上门去，亦是极平常的事。在这里，顾提控的正直善良，江溶的急于报恩的心理，都写得极细腻、极真实。至于后来江溶女儿曲曲折折，竟做了侍郎夫人一节，就明显地露出了编撰的痕迹。顾提控施恩不望报，自己以为是分内之事，而小说必须体现善恶报应的规律。怎么办呢？只有提高江溶家地位一法。然而，直接让江溶女儿做侍郎夫人太突然了，不易被读者接受，于是，就插入一个徽商。按照传统的贞节观念，江女又不能因嫁给徽商而"失身"，送给侍郎的江女必须是黄花闺女。所以，作者又请来一位金甲神人，大凡徽商"但是有些邪念，便觉头疼"。徽商无奈，只好认江女为义女。江女经过徽商义女这一过渡，抬了身价，然后嫁给韩侍郎做妾，便顺理成章了。妾还不能说了算，于是，作者又安排侍郎夫人"病重不起，一应家事尽属爱娘掌管"。江女爱娘终于成了侍郎夫人，报了顾提控的大恩：由于侍郎的荐举，顾一下子被提升为礼部主事。爱娘借侍郎之权报一家之私恩，细考起来，也不是很经得起推敲。可是，就中国传统的恩怨观念去看，这又是极道德的事。这篇小说严格地说，不能算作公案小说，可是，它从一件诬陷案写起，所以，也勉强放在一起加以分析。

第十六卷《迟取券毛烈赖原钱，失还魂牙僧索剩命》，写一桩民事纠纷，其中包括两件案子。陈祈欺负三个弟弟年幼，将好地卖了，把银子寄放毛烈家，这是其一；毛烈赖钱，陈祈告毛烈，这是其二。毛烈贿赂了知县，陈祈官司没打赢。最后到了阴间才解决问题，那里"真个无私，一些也瞒不得。大不似阳世间官府，没清头、没天理的"。这篇小说反映了金钱对宗法家庭的腐蚀，反映了明清时期市侩主义的猖獗。这种阴间解决问题的结局，表现了平民对"阳世间官府"的失望情绪。

第二十卷《贾廉访赝行府牒，商功父阴摄江巡》，主旨与第十六卷相同。这一卷的两个故事都写至亲骨肉，"关着财物面上，就换了一条肚肠，使了一番见识，当面来弄你、算计你。"第一个故事，是大舅算计妹夫。借亲妹之死，挑动邻居出首，诬告妹夫谋害了妹妹。第二个故事，情节更为恶劣。贾廉访设下骗局，算计亲家的金银器皿，骗得亲家倾家荡产。这篇小说写诈骗、敲诈、诬告，主要目的是写世态，写人心难测。

第二十一卷《许察院感梦擒僧，王氏子因风获盗》，两个故事都写冤案、错案。刑讯逼供是作者抨击的主要对象。

"二刻"的第二十五卷《徐茶酒乘闹劫新人，郑蕊珠鸣冤完旧案》，"入话"与正文都写新婚之夜发生的案件。"入话"部分写花烛之夜，洞房之中溜进了不速之客。小偷在床底下潜伏三天，无机可乘、一无所获。冒险出逃，又被抓住。正文部分，案情比较曲折。先是徐茶酒抢劫新娘未遂，将后者推堕枯井。接着，赵申将新娘救出，赵申自己又为见色起意的钱已砸死于井底。新娘落入钱已手中。最后，真相大白。这篇小说将抢劫与凶杀连在一起写。

"二刻"的第二十八卷《程朝奉单遇无头妇，王通判双雪不明冤》。"入话"部分。写瓜农杀了偷瓜的乞丐。县令的判词写得明白："乞丐虽贱，生命则同。总是偷窃，不该死罪。也要抵偿。"从现代法律的条款去衡量，这段判词也找不出什么毛病。正文部分从"饱暖思淫欲"写起，牵出两件人命案。一件是新案，一件是十年积案。这个案子的写法值得注意。作者将罪犯放在暗处，写顺藤摸瓜的破案过程。这种写法与现代的侦探小说相同。

第三十一卷以简尸为题材，写了两个故事。题目是《行孝子到底不简尸，殉节妇留待双出柩》。"入话"部分，写富人陈大寿打死了佣工陈福生。事情由口角引起，介于蓄意杀人与过失杀人之间。按照当时的律例，"家长殴死雇工人，只断得埋葬，问得徒贼，并无抵偿之条"。陈家不敢追究，只图厚加殡殓，多给些银两算了。事情以"私了"的方式解决了。作者显然是赞赏这一解决方式，所以，他对于从中挑动、唯恐官司打不起来的陈喇虎，竭力加以谴责。正

公案中的世态

文部分，包括两个前后相关的案子。先是王俊与王良因债务引起争执，王俊打了王良，王良伤重而死。后来，王良的儿子王世名为父报仇，杀了王俊。这类案子突出了道德与法律的矛盾。按法律，"王世名不由官断，擅自杀人，也该有罪"。按儒家的伦理规范，杀父之仇，不共戴天。王世名不但无罪，而且应加以褒奖。作者的倾向很鲜明：法律应该向道德的要求让步。小说极力渲染王世名复仇在社会上引起的广泛同情和让步。陈大尹说："君行孝行之事，不可以文法相拘"，又在禀揭中替他周全，说他"孝义可敬，宜从轻典"。汪大尹"访知端的，备知其情以后"，也"一心要保全他性命"。至于百姓，那就更不得了。他们"恐怕县官难为王秀才，个个伸拳裸臂，候他处分。见说申详上句，不拘禁他，方才散去"。

第三十五卷《错调情贾母罚女，误告状孙郎得妻》。"入话"部分写两件风流命案。正文写两个年青男女两下有意，苦于缺少接触机会，女方母亲防范过严，反而促成了这桩姻缘。闺娘不堪母亲的辱骂，意悬梁自尽。她母亲将孙小官哄来，锁入闺娘卧室，便去衙门出首。谁知闺娘"恹恹的苏醒转来"，结果，两人生米做成熟饭，悲剧变成喜剧。一场官司也烟消火灭。

"二刻"的第三十八卷写了两个案子，都是妻子有外遇，或为他人所拐，或随他人而去，结果赖别人吃冤枉官司。这一卷的题目是《两错认莫大姐私奔，再成交杨二郎正本》。小说中莫大姐这一形象比较接近生活的真实。莫大姐在男女关系上比较随便，可是，她的感情主要是在杨二郎的身上。最后也终于嫁给了杨二郎。作者写她"称心象意，得嫁了旧时相识。因为吃过了这些时苦，也自收心学好，不似前时惹骚招祸，竟与杨二郎到了底"。显然，作者对这种婚姻不幸福而有了外遇的女子有一定的谅解与同情。唯其如此，作者才没有把莫大姐写成十恶不赦的所谓"淫妇"。

第三十九卷的"入话"与正文各写了一个神偷。前者绰号"我来也"，后者绰号"懒龙"。作者完全是用谅解、赞赏的态度来写这两位穿窬之徒。在作者的笔下，"我来也"与"懒龙"的窃技，出神入化，简直是一种艺术。他们言必信，行必果，急人难，重言诺，与《史记》中的郭解之流竟是大同小异。正文部分的写法也有点特别。不是一般的编织故事，以故事为主线，而是以人物为主线，写法类似纪传体，是散文似的。然而，热闹处的点染，又是小说的笔调。

匆匆浏览已经使人对"二拍"取材的特点获得鲜明的印象。在中国古代小说史上，在凌蒙初以前，还没有看到有哪一位作家对民事纠纷、刑事案件表现出如此浓烈的兴趣。民事纠纷、刑事案件是社会的阴暗面，它往往反映着社会政治、经济、文化诸方面的弊病。凌蒙初将这类题材写成小说，他努力地从这些题材中发掘小说所需要的故事性。可是，他笔下的人物，大多未能达到性格化的高度。

　　　　　　　　　　　公案中的世态

故事是有了，但人物站不起来，不能给人以深刻印象，留在读者脑子里的，只是一个个故事。另外，他对题材所包孕的社会内容的发掘也缺乏深度。这些都是"二拍"的弱点。

文言公案小说的杰作

蒲松龄的笔下，颇有几篇写公案的佳作。《聊斋志异》第十卷的《胭脂》就是其中的一篇力作。

蒲松龄善于写狐魅花妖，可是，《胭脂》一篇，从头至尾，未出现超现实的情节与人物，连一般公案小说中常见的冤魂告状、旋风引路之类的情节也一概摒弃不用。整个故事自始至终在现实的环境氛围中进行。

《胭脂》的故事情节并不出奇。"三言"中就有类似的故事。蒲松龄的成功之处在于他能将前人故事中的情节与人物，重新点染、腾挪变化，给人耳目一新之感。一篇区区二三千字的文言短篇小说，就写出好几个性格鲜明的人物。公案小说不难写出曲折的情节，可不容易写出有血有肉的人物。常常是因事设人，人物被情节牵着走，性格很模糊。然而，《胭脂》一篇，不是因事设人，而是事随人走，故事的进展完全是人物性格冲突的自然结果。

公案中的世态

《胭脂》写了四组人物，都是本案的相关之人。胭脂与鄂生是第一组，是恋爱的两位主角。其中胭脂是全案的根，好事坏事，一切由她而发生。全部故事及线索，也围绕她的命运而展开。鄂生是胭脂意中之人，几乎成为冤案的受害者、牺牲品。宿介与王氏是第二组，是此案重要的知情人。其中王氏这一辅助人物的配置在这篇小说的结构中起着不可忽视的作用。作者借王氏将故事中的相关之人串到了一起。王氏是胭脂的邻居，是胭脂的"女闺中谈友"。既是王氏给胭脂介绍了门外那位"风采甚都"的少年（鄂生）的情况，又是王氏将胭脂看上了鄂生的情况告诉了情夫宿介。而宿介又去讨便宜，遭到拒绝，无意中又将所捡到的胭脂绣花鞋丢失，鞋又为毛大捡去。而毛大又曾挑逗王氏而遭到拒绝。由此可见，王氏与案中之各色人物都有联系。条条线索都通向王氏，弄清王氏的情况实乃破案的关键。王氏在小说中的作用还不止于此，她还是推动情节向前发展的最重要的因素。通过她的介绍，胭脂才了解到鄂生的大致情况，从而下了决心。因为王氏与宿介的暧昧关系，才使案中又多了宿介插进来的一段波折。王氏又是毛大垂涎的对象，这才使毛大听到了王氏与宿介的对话，从而产生了骗奸的念头。牛医卞氏夫妇是小说的第三组人物。胭脂欲与鄂生结为夫妇，开始是以王氏为中介，卞氏夫妇并不知情，所以，故事开始的时候，卞氏夫妇游离于主线之外；只知道胭脂年已及笄，尚未字人，与卞牛医的欲攀清门有一点关系。可是，毛大杀了卞牛医以后，卞牛医成为凶杀案的直接受害者。毛大是小说的第四组人物，他是真正的凶手。

从道德褒贬的角度来看，胭脂、鄂生是作者歌颂的一方，毛大是受鞭笞的一方，从而构成善恶的两极。王氏、宿介是中间人物。王氏轻佻，宿介轻狂、行为不端。可是，王氏轻佻而能拒毛大于门外，宿介不端却并无杀人之心。王氏为胭脂介绍鄂生，未必没有成人之美的热心。与此同时，她却又会将这件事当作笑话告诉她的情夫宿介，这就又显出她的轻薄。作者对王氏性格的描写很有分寸，恰到好处，充分表现出作者性格描写的深厚功力。难就难在分寸的把握；写不够，写过了，都将不是"这一个"王氏，对王氏的描写实为这篇小说的一个难点。蒲松龄以艺术大师的功力，轻松地克服了这个难点，使王氏的形象显得十分真实。至于卞牛医夫妇，只是一般的平民，善良无辜，有那么一点攀高的念头，作者对此没有太多的褒贬。

从性格描写上看，虽然这是一篇蒲松龄写得不多的公案小说，可是它同样反映出蒲松龄描写人物性格的某些特点。蒲松龄擅长用爱情去考验他笔下的人物，而且善于描写爱情心理的曲折微妙之处。在《胭脂》这篇小说中，胭脂、鄂生、王氏、宿介对爱情，以及对男女关系的不同态度，体现了他们各自不同的思想与性格。胭脂看到鄂生从门外走过，她的表现是："女意似动，秋波萦转之。"鄂生

　　　　　　　　　　　　　公案中的世态

"去既远，女犹凝眺"。可见，这位小家碧玉在一见钟情以后有点情不自禁。经王氏挑明以后，胭脂"晕红上颊，脉脉不作一语"。既不敢贸然肯定，也没有断然否定。肯定则含羞不敢，否定则违反本心。"脉脉不作一语"，正所谓"此时无声胜有声"。王氏主动要为胭脂牵线，胭脂竟"无言"不应。直至相思成病，有生命之虞时，胭脂才向王氏承认自己爱上了鄂生，疾病因此而起。胭脂的初次亮相，人们只是对她的羞涩、痴情留下了印象。接着，宿介冒名顶替，企图骗奸，遭到胭脂的严词拒绝，并说：

何来恶少，必非鄂郎；果是鄂郎，其人温驯，知妾病由，当相怜恤，何遽狂暴若此！若复尔尔，便当鸣呼，品行亏损，两无所益！

在这里，作者又展现了胭脂思想性格的另一个侧面：她对爱情的态度是严肃不苟且的，在狂暴面前，她是抗争的。她之所以看上鄂生，不光是因为鄂生"风采甚都"，而且因为她认为鄂生性格温和，能体谅她。当她有病的时候，"当相怜恤"，决不会施以狂暴。她曾经向王氏表明："但渠不嫌寒贱，即遣媒来，疾当愈；若私约，则断断不可！"父亲被害以后，胭脂误以为父亲为鄂生所杀，她对鄂生的爱全化为恨。鄂生"每欲与女面相质；及相遭，女辄诟詈"。

王氏对爱情的态度与胭脂成为鲜明的对比。王氏已婚，没有胭脂那么多的羞涩。可是，王氏的直言不讳中带着轻佻的成分。胭脂凝视鄂生背影的憨态，在王氏看去，是觉得有点可笑的。作者屡次地点明这一点："王窥其意，戏之曰""女无言，王笑而去"。宿介与王氏私下幽会时，王氏竟把这件事当笑话一样转告宿介。而宿介并非规矩人，这一点王氏不会不知道。所以，宿介的骗奸之行，王氏负有一定的责任。宿介丢了绣花鞋，四处寻觅不得，把实情告诉王氏以后，王氏竟毫无表示。对于宿介调戏其闺蜜的事，她居然漠然视之。

蒲松龄最善于在似乎不关痛痒的地方略作点染，写出特定情况下，人物的微妙心理。只从外貌入手，稍作点缀，人物的心理活动已在不言之中。写胭脂初见鄂生，"女意似动，秋波萦转之"。少女初恋，爱情萌动的微妙心态，跃然纸上。写王氏的轻佻，则着力写她的笑。人家的终身大事，她总是以玩笑的态度去应付，结果事情就坏在她身上。写鄂生的书生气，则写他在公堂上"不知置词，惟有战栗""为人谨讷，年十九岁，见客羞涩如童子"。他与那位"才恣惠丽"、真挚纯朴的胭脂倒是很好的一对。

从情节的处理上看，《胭脂》没有在破案上设置悬念。谁是凶手，谁是冤枉，读者一直很清楚。可是，人物的命运，胭脂与鄂生的结合能否成功成了读者关心的中心。

　　　　　　　　　　　　公案中的世态

"微服私访"的成效

公案小说中，常有清官大人微服私访的描写。包公、施公、海瑞、况钟，这些著名的清官似乎都有微服私访的嗜好，而且微服私访大多很成功。

《龙图耳录》中的包公，他初入仕途，先去定远县当知县。一路上就和包兴"扮做平常之人，暗里私访"。这一私访，果然就大有收获。他们主仆二人在饭铺，偏偏就能遇到杀人凶手皮熊。到了县衙，"所有衙役三班，早知消息，老爷暗自一路私访而来，就知这位太爷来的厉害"。可见，微服私访是"厉害"的一个标志。

小说第五回写了包公私访，第七回，又写包公的幕僚公孙策微服私访，他装个看病的郎中。公孙策的运气比包大人要差一点，第一次出去一无所获，可第二次就很有收获。偏偏是尤狗儿家请他去看病，而尤狗儿恰恰又是凶手。

公孙策私访完不久，第十回又写楞爷赵虎去私访。赵虎是粗人，装算命的、看病的都不大像，于是，听了手下人的建议，扮了个叫花子。手下人"叫四爷坐下，脱了靴、袜、裤子，又拿了一条缺腰没腿的裤衩儿叫四爷穿上。腿上给四爷贴了两贴假膏药，唾了些吐沫，抹上些花红柳绿的颜色，算是流的脓血。又有一双烂帮倒跟的乍板鞋，叫四爷拖拉上。额外有个黄磁瓦罐，一根打狗的竹杆，告诉四爷把这个拿定"。看来，四爷是个粗人，他的手下人却很有心计。赵虎的运气真不错，一下子就找到了无头女尸。真是强将手下无弱兵。奇怪的是，天下的巧事都让开封府的人碰上了。

不但开封府的人喜欢私访，那倪太守也有这种爱好。他上任后不久，便去私访霸王庄、要查马强劣迹。可是，他的私访，情况倒是摸清楚了，那条命却差点断送掉。

最爱私访的，要算《施公案》里的施公了。他破的案子，大多靠微服私访。施公的微服私访，不像包公那样假手于幕僚。每次都是亲自出马，装作一个算命的。他的相貌比较怪：独眼，麻脸，脚又有点跛，极好认。奇怪的是，这种"以不变应万变"的微服私访却取得了很大的成功。我们不能不怀疑：施公的对手是不是水平太低？

公案小说中写微服私访，公案戏中也常有。《十五贯》中的况钟就是通过微服私访才找到了破案的线索，偏偏那凶手娄阿鼠会去找他算命，真是撞在网里了。

公案小说、公案戏中爱写微服私访，反映了民间的心理。平民

　　　　　　　　　　　　公案中的世态

百姓不信任官府，他们寄希望于清官，希望清官直接到老百姓中间来了解情况。从清官的角度来说，因为一般官员已经失去民众的信任，所以，清官必须隐瞒自己的身份，才有可能得到真实的情况。于是，就有了微服私访的必要。从文艺的角度而言，微服私访本身具有传奇色彩，容易造成戏剧的气氛，所以也为小说家、戏曲家所爱描写。

事实上，冤假错案的根源不在具体的侦破方法，而在于吏治的腐败，政治的专制，刑讯逼供的制度。微服私访的描写，作为民众心理的反映，可以理解，但是，微服私访的成效却很值得怀疑。

据顾公燮所著的《消夏闲纪摘抄》上的记载，康熙年间，有个著名的总督，叫于成龙。他就很喜欢微服私访，了解民生疾苦。有些坏人知道了他的这个习惯，就趁机捏造事实，散布谣言来陷害与他们有私怨的人。结果，于成龙私访常常得到一些假的材料。他的下级对这一点很清楚，可谁也不敢当面批评他。后来，有一个老百姓，请求他接见，当面直率地指出了他的这个缺点，于成龙才大吃一惊，感慨地说："如果不是你今天给我指出来，我怎么会知道世界上还有这样狡猾的人！"

与于成龙同时的，还有一个苏州知府陈鹏年，他也很喜欢微服私访。当时苏州有一户姓汪的财主。他家的两个儿子都很坏，有一次竟把他们的老师杀了。为了逃避刑律的惩罚，财主贿赂了上下官吏，想使这桩案子不了了之。可是，陈鹏年是位不爱钱的清官。于是，财主就用钱收买了他家的左右邻居，以及附近的脚伕、船夫等人，让他们为汪家喊冤叫屈。果然，知府大人为了弄清案情，就出来微服私访。结果正好落在财主的圈套里，他听到的都是谎言，这个案子也就不再追究了。

纪昀的《阅微草堂笔记》上，还记着这样一个故事。有一位安徽太平府的太守，为了一桩疑案微服私访去了。他偶然经过一个小寺，就进去歇一会。庙里的老和尚一见他，就对他合掌、恭敬肃立。这时，老和尚的徒弟说："太守快来了，可以请客人暂时去别的屋坐一会。"老和尚回答说："太守已经到了，快把茶送来。"太守一听，吃惊地说："你怎么认识我的？"老和尚说："太守是一郡之长，谁不认识？"太守又问："你知道我为什么事出来的？"老和尚回答："不是为了那件案子吗？原告和被告都已经在路上布置了他们的人，他们只是假装不认识您罢了。"太守听了以后，真有点茫然若失。他又问："你为什么不装作不认识我呢？"老和尚回答说："我真是该死！我正希望您对我问起这件事啊！您的贤良，比古代的循吏一点也不差，可是，您有一件小事不能让百姓满意，那就是喜欢私访。那些豪绅预先设下圈套来欺骗您。即使乡里的百姓，谁都有个亲戚朋友，都有偏向，他们的话也不一定可靠。我老和尚是方外之人，本来不应该再干预尘世的事了，何况是官府的事。可是，我们佛教讲慈悲为怀，如果对百姓有好处，就应该冒死直言。希望大人您好好考虑。"太守听了老和尚这一番教诲，沉思了半天，竟然不查访就回去了。第二天，他派人去给老和尚送点钱米，但差去的人回去报告说，老和尚对徒弟说完"我的心事已完了"，就悄悄地归天去了。

清朝的名幕兼循吏汪辉祖曾经在他的名著《佐治药言》中提出"访案宜慎"的告诫。他在书中写道：

> 恃才之官，喜以私人为耳目，访察公事。彼所倚任之人，或摇于利，或蔽于识，未必俱可深信。官之所信，原不可恃。

这是他三十年作幕的体会之一，应该是有根据的。

书呆子、小机灵和"诳嘴吃的"

　　清代的公案侠义小说，如《龙图耳录》《三侠五义》之类，虽然思想境界不高，艺术水准也不是一流的，可是，因为它们"正接宋人话本正脉"，在群众中经受了长期的考验，在说书人那儿不断地打磨、加工，所以其中也不乏精彩之处。不但"写草野豪杰，辄奕奕有神"，即使是写三教九流，一般人物，写日常的生活场景，也时有生动传神的描绘。例如，像《龙图耳录》中颜查散进京赴考一路上的故事，就是相当出色、很见功力的篇章。

　　颜查散进京赴考，光一路上的事，作者就用了几乎三回的篇幅去交代。这里没什么案子可记，纯粹是过渡性的段落，作者本可以一笔带过。"冷淡处提掇得有家数，热闹处敷演得越久长"。这本是古典小说习惯的处理方法。可是，作者为什么要把这仅仅写了颜查散与金懋叔（即白玉堂）三次"相遇"的过渡性段落"敷演"得如此"久长"呢？仔细一读，原来这一路上虽然没有什么"惊官动府"

的事，却也并不"冷淡"，而是热热闹闹，充满了喜剧色彩。

　　"赴京路上"的这一出喜剧写了三位人物：书呆子颜查散、小机灵雨墨、"诳嘴吃的"金懋叔。三个人物组成了两对矛盾：书呆子与小机灵是一对矛盾，这是自家人之间的矛盾；小机灵和"诳嘴吃的"是又一对矛盾，这是家里人和外人的矛盾。随着情节的展开，三个人物的性格都得到了生动的表现。

　　一开头，作者先写展昭救了颜家的老仆颜福。一方面写了展昭的正义，一方面可以由颜福引出颜查散一家。接着，作者对颜查散先作了一番介绍。颜查散的出场极其平淡。他的父亲做过一任知县，不知道搜刮，很穷，死得又早。撇下孤儿寡妇，日子很是艰难。像颜查散这样的家庭，既无丰饶的财产，又无有势的亲戚做靠山，只有勤奋读书，走学而优则仕的道路，才有可能改善自己的社会地位。颜查散果然"绍继书香，学得满腹经纶"。在对颜查散作了简要介绍之后，作者就用了大量文字渲染颜家要赴京赶考，而又无钱作盘缠，路上又没人照顾的窘境。银子、衣服、仆人都没有，连雨具也没有。真是"皇天不负有心人"，朋友金相公为颜查散准备了一切。至此，"赴京路上"的重要角色——书童雨墨出场了。雨墨一出场，就给人一个机灵鬼的印象。他年纪不过十四岁，却见过世面，"自十岁上"，就跟父亲"在外贸易。漫说走路，什么处儿的风俗，遇事眉高眼低，那算瞒不过小人的了。差不多的道儿，小人都认得。至于上京，更是熟路了"。瞧他大大方方，不卑不亢，见了生人也不怯阵。伶牙俐齿，头头是道。这位小机灵鬼就是这出喜剧的真正主角。作者通过雨墨将两对喜剧矛盾拧到一起，颜查散、金懋叔的言行是借雨墨的视点、心理描写出来，这种选择是十分明了的。如果从颜或金的视点去写，就写不出这样的喜剧效果，三个人性格的描写也要因此而逊色。

颜查散与雨墨一上路，就可以发现这两个人物的性格形成了鲜明的对比。作者显然是在充分利用这种对比来加深两位人物各自的性格刻画。颜查散名义上是主人，可是实际上当家的却是雨墨，这和《龙图耳录》前面写的包拯与包兴的关系是不同的。包拯也是上京赴考，但包兴作不了包拯的主。包拯颇谙世故，亦非书呆子颜查散可比。颜查散是个不懂世故的书呆子，"走了一二十里便觉两腿酸疼"，以为走了五六十里。雨墨这个十四岁的孩子成了颜查散的老师，他教颜查散解乏的方，把赶路看作"游山玩景的一般"，这样"心也宽了，眼也亮了，乏也就忘了"。

如果说，初次上路一段，使人对雨墨的老练、机灵有了印象，那么，投宿一段，就更进一步看到了他的精明、会算计。小小年纪，社会经验却相当丰富，一般人都对付不了他。什么样的店便宜，什么样的饭实惠，住什么样的房间省钱，甚至是点油灯，还是点蜡灯，他都心中有数。店小二千方百计要哄这两位多花点钱，可是，在雨墨这样经验丰富，说话又跟得上的"老手"面前，竟是无计可施。店家要哄他们住"又干净，又豁亮"的三间正房，雨墨则主意拿定，"除了厢房、耳房，别的不住"。店家要他们喝茶，雨墨说："路上灌的凉水，这时候还满满的，不喝茶。"店家问他们吃什么，"熘丸子、炒鱼片、卤牲口、拌肚丝、拌杂拌、炝虾仁、烩鸭条、川海参"。雨墨则只要一个烩锅炸，一切都以经济实惠为原则。你有千言万语，我有一定之规。主人是外行，仆人也就当起家来。那书呆子对这些出门的事一窍不通，到了店里，他不去动脑筋对付店家，却"觑着眼看那边墙上的诗句，看到好处，未免哼哼唧唧，摇头圈圈儿，露出那一番腐气来"。雨墨的三言两语弄得店小二十分扫兴，"再也没有想头了"，只好"抽身出去"。

在读者对书呆子、小机灵鬼的性格有了一个大致印象以后，作者又及时让金懋叔出场。这个"诳嘴吃的"一出场，好戏就要开张了。一个不通世故的书生，一个机灵、世故的小书僮，一个白吃白喝的社会油子，一出喜剧的条件都已酝酿成熟。雨墨既要对付"诳嘴吃的"，又要不时地提醒书呆子的主人，两边费心，格外费神。金懋叔一出场，他与店小二一吵嚷，雨墨就嗅出了对方的无赖气息。他的方针是稳住，"别管闲事"。谁知颜查散傻乎乎地"倚门而望"，好奇心十足。不但好奇，还跟金懋叔一见如故，交上了朋友。雨墨冷眼看着事情的发展，心中暗暗叫苦："此事不好，相公要上当！"如果说，上路、投宿是为喜剧酝酿好了条件，那么，金懋叔的出现就等于是拉开了喜剧的帷幕。

金懋叔一出场就大骂店小二"看人下小菜碟儿"。颜查散对金的出口不逊，言语粗鲁并不介意，对金的大骂店家势利却是颇有好感。而小小的雨墨却见多识广，知道这号人多不好惹。现在既已沾上了包，只好见机行事了。

小说先从雨墨的眼睛，写出金懋叔的衣着打扮："见那人戴着一顶开花儒巾，穿一件零碎的蓝衫，系一根少穗的旧丝绦儿，登一双无眼的皂靴头儿，满面的尘垢，一派的寒酸。"接着，又写出来人给雨墨的初步印象："这番形景，还要闹气派，闹酸款，也只好嘴里充帐罢！他怎么配姓金呢？连银也不配姓，只好姓个铜儿、铁儿的罢了。"在这里，我们通过雨墨的观察，可以隐隐地感觉到他是个小机灵鬼，因为自小跟大人在外经营，染上了那么一点以貌取人的势利眼光。这一点，颜查散却是没有。他只是一身腐气，却没有势利的毛病。这一主一仆，正是处处形成对照。

金懋叔出场后，作者不厌其详地描述了他要菜的过程，看他一身穷打扮，要起菜来却是十分内行，也十分阔气，口气非常大。"既要吃，还怕花钱么？"完全是有钱人的口气。"鲤鱼不过一斤的，叫做拐子；过了一斤的，才叫做鲤鱼。不独要活的，还要尾巴像胭脂瓣儿一般的，那才是新鲜的呢"，"吾要那金红颜色、浓香浓香的，

　　　　　　　　公案中的世态

倒到碗里要挂碗，犹如琥珀一般，才是好的呢"，"不要那老的，这是要青笋尖儿上头的尖儿，不但嫩，而且是碧绿的，切成条儿，要吃的时，着嘴里一咬，那门咯吱咯吱的才好"，"鱼是要吃热的；若冷了，就要发腥了"，多内行，多讲究的美食家啊！

三人吃饭，有什么可写的呢？可是，作者却从这里抓出"戏"来。这里有戏剧性的冲突：金懋叔白吃白喝，颜查散视而不见。雨墨恨金懋叔的无赖，气颜查散的憨呆，心疼那冤枉钱。他"此时见剩下了许多东西，全然没动，明日走路，又拿不得，瞅着又是心疼，吃又吃不了。"眼看金懋叔那个穷酸样，也拿不起这份酒菜钱，他主人的这份冤枉钱算是拿定了。"平空的就被人冤，就受人赚"。戏剧冲突没有用正面交锋的形式表现出来，雨墨既没有与金懋叔翻脸，也没和主人吵架。因为他是奴仆，主人都没说什么，他一个做奴仆的，还能说什么呢。冲突表现为雨墨激烈的内心活动，他不甘心这样被人"赖"下去，可又拦不得。主人还一个劲地和人家称兄道弟。这种冲突也是性格的冲突：金懋叔的无赖和雨墨的精明，颜查散的腐气和雨墨的机灵。

金懋叔的穷讲究，更说明了他的无赖，他的邋遢，不修边幅，也更使雨墨断定他的穷与"赖"。所以，作者不厌其详地写金懋叔的要菜要酒的种种讲究，对金懋叔的衣着也多次作了细节的描写。他一出场就是破破烂烂的。他的睡觉，竟是"往床上一躺，只听呱哒一声，皂靴头儿掉了一只，他又将这条腿往磕膝上一跷，又听噗哧一声，把那只皂靴头儿扣在地下。什么叫被褥，什么叫头枕，双手往脑后一垫，虎抱头，竟自呼呼睡去"。此人讲究吃喝，衣着、睡觉却是很好将就的。他起床时，"伸懒腰，将两腿一蹬，那两只袜底板儿犹如漆黑的一般，前头露着指头，后头露着松花也似的脚后跟，原来袜底儿两头儿两个大窟窿，正于当中联着一寸有余"。而这一切，都是从雨墨的眼睛中看出。雨墨的善于观察、心细如发、反应敏捷的性格又一次得到表现。这一节描写，设置了金懋叔是何许人的悬念。读者急于要知道这个举止古怪的金懋叔的底细，可是，作者却并不急于将这个谜底揭开，而是又安排了三人的又一次"相遇"。

在第一次"相遇"中，明写金懋叔，暗写了雨墨。写金是写表面，写雨墨是写内心活动，唯独对于颜查散没多少描写。所以，在两次"相遇"之间，作者又写了颜查散与雨墨之间的争论，补写了主仆之间的喜剧冲突。金懋叔白吃白喝，扬长而去，颜查散却说他"那是念书的一个好人"，雨墨说金"不过是个蔑片之流"，颜却指责他"胡说"。可是，颜生腐是腐，他却能从寒酸、不修边幅的金懋叔身上看出一股掩抑不住的英气，这是他有见识而为小机灵所不及的地方。在这里，作者暗示了一下金的身份，使读者对以后的情节发展有一点心理上的准备。

主仆二人与金懋叔的第二次"相遇"，几乎是第一次"相遇"的重演。金依然是白吃白喝，颜还是无动于衷，和人家热热乎乎，真

公案中的世态

是呆得不可救药。可是，这一次雨墨把金的那一盘讲究排场全学来了。雨墨的心情与第一次有所不同。既然主人是生就的腐气，说也不听，劝也不明白，落得装装大方，把钱花光，看你还诳什么，主人也就别再跟人热乎了。一来他是奴仆，做不了主，二来也是赌气，他毕竟还是个十四岁的孩子。

第二次"相遇"的描写使读者心中的疑团更加深了。作者借小机灵的发问将这个疑问明确提了出来：

这金相公也真真奇怪的很，若说他是诳嘴吃的，怎么要了那些菜，他连筷子也不动呢？就是爱喝好酒，也犯不上要一坛来；却又酒量不很大，一坛子喝不了一零儿，全剩下了，白便宜店家。……说他有意要冤咱们，却又素不相识、无仇无恨，供白吃白喝，还要冤人，更无此理。小人竟测不出他是个什么人来。

这种分析，也只有小机灵才说得出来，那书呆子是做梦也做不到这上来。

故事发展到这儿，是揭开谜底，写出金懋叔庐山真面目的时候了。作者又安排了主仆二人与金懋叔的第三次"相遇"。这一节主要写白玉堂的侠气、潇洒。原来，他早先的寒酸邋遢都是装的，只是为了试探颜查散的胸襟识度，而颜查散也果然经受住了两次考验。因为前面而将白玉堂的戏写足，所以这里写出他的本来面目。

身后的"不幸"

俗话说，"盖棺论定"。这当然是有道理的。一个人死了，他的一切都已经成为不可改变的历史，他的一生功过也应该有一个明确的结论。可是，棺已盖而论不定的事也常有。人们的认识在发展。各个不同的时代，有不同的眼光。其实，人类的历史就是不断地在更新观念。如果历史人物与文学挂上了钩，逻辑思维加上了形象思维，科学与文学结缘，那问题就复杂了。

有的历史人物，如关羽，历史上记载并不多，形象也不是很高大，可是，经过罗贯中一吹，神乎其神，关羽竟成了民间最流行的崇拜对象。民间来拜，官方也来拜。民间夸他的"义"，官府表彰他的"忠"。各有所侧重。杨家将的故事，历史上有那么一点点根据，可是，经过说书人、小说家的加工渲染，竟变得热闹非凡，如火如荼。穆桂英已经是子虚乌有，又来一个"十二寡妇征西"，变成"子虚乌有"的平方。中国民众的历史知识多半不是从《二十四史》上学来，倒是从文学中，特别是从小说、戏曲中学来的，同时，民众也不大重视历史真实与艺术真实的界限。文学借助历史作题材时，具有很大的自由。作者所要表达的，主要是他对自己的那个时代的感受。因为文学与历史的这种若即若离的关系，这就产生了历史人物在文学中或者被拔高，被神化，或者被歪曲，被贬低的不同情况。当然，这只是一种粗略的区分，实际情况要复杂得多。

胡适在《三侠五义序》中曾发出了这样的叹息：

历史上有许多有福的人。一个是黄帝，一个是周公，一个是包龙图。……这种有福的人物，我曾替他们取个名字，叫做"箭垛式的人物"。……包龙图——包拯——也是一个箭垛式的人物。古来有许多精巧的折狱故事，或载在史书，或流传在民间，一般人不知道他们的来历，这些故事遂容易堆在一两个人的身上。在这些侦探式的清官之中，民间的传说不知怎样选出了宋朝的包拯来做一个箭垛，把许多折狱的奇案都射在他身上。包龙图遂成了中国的歇洛克·福尔摩斯了。

如果说包公的身后是幸运的，那么，施公的身后却是不幸的。《施公案》中的施公同样也是被歌颂的对象，很多别人破的案也附会到他的身上，这是与《包公案》相似的。但是，《施公案》中的施公的品格、思想境界却比历史上的施世伦低下多了。

据历史记载，施世伦为人"峭直刚毅，不苟合，不苟取。一切故人亲党，有干谒者，俱正色谢绝之"，"凡民有一害，必思有以除之；有一利，必思有以兴之。"施世伦曾任总督漕运，奉命到陕西勘察灾情，发现陕内各地的储粮亏空颇多，于是，他就呈文上报。当时的川陕总督鄂海怕他揭发，恰好施世伦的儿子在会宁任知府，是鄂海的下属。于是，鄂海就利用这一点来威胁施世伦。谁知施世伦不为威胁所动。他笑一笑，回答鄂海说："我自从做官以来，对自己的生命尚且不顾，对于我儿子，我还有什么顾虑的呢？"他终于写奏章弹劾了鄂海。后者因此而被罢了官。施世伦的为人，他那种刚正无私的精神风貌，由此可见。

然而，《施公案》却把施公的为人糟蹋得不像样子。小说中的施公开口便俗，动辄以富贵诱人。他对接受招安的响马们说：

众位好汉，本县有句拙言奉告：依我瞧来，你们这样的壮士，何愁高迁。今言投顺施某，感情不尽，就是一家。本县保举做官了，你们二位目下就可显矣！

黄天霸、贺天保帮他保护粮船，他又给人许诺："但得放粮无事，回朝交旨，施某敢保列位都有高迁之望。"

施世伦收了御史索色的礼物，怕众官揭参，竟趁康熙祈雨而断屠之时，故意宴请众官，用反胃药和入面汤，使众官呕吐，吐出肉食，以此抓住众官把柄，"将众官口舌缝住"，真亏他想得出来。

施世伦与黄天霸的关系是买卖关系。难怪后者在待遇不丰的时候要闹情绪了。黄天霸对施公说："老爷恩收天霸，小的擒水寇，保住老爷前程；后来累次忠心。细想此事，如做春梦。临危急回头一想，因此心灰意懒。恩公免此设想，小的从此不再跟官了！"后来，施世伦又升了大官，黄天霸一看有希望，又回到了施的身边。

施世伦的破案，或乞灵于鬼神，或借助于棍棒，或依赖投顺他的响马。真正靠调查分析破的案子屈指可数。施世伦的办案具有很强的主观性。犯人一押上来，有时候一句话还没问，就先打一顿，只因为面貌凶恶，看来不像好人。小说第一回，一件人命案。施世伦无计可施，一筹莫展。他夜间得梦，梦见九只黄雀、七只小猪。醒来以后，他就把捕头英公然、张子仁叫来。限他俩五天之内，将九黄、七猪拿来。两人问："这九黄、七猪，是两个人名，还是两个物名，现在何处？"施世伦竟训斥说："无用奴才，连个九黄、七猪都不知道，还在本县应役么？分明偷闲躲懒，安心抗差玩法。"并把英、张二人各打了十五大板。这不是胡闹吗？

施世伦被写进小说，是"幸"还是"不幸"呢？恐怕倒是一种"不幸"。在作者，也许是要歌颂他、美化他。可是，由于作者见识之低下庸俗，把施世伦写俗了、写歪了。百姓对清官的幻想，本来已经是一种陈旧的意识，而小说又进一步将清官庸俗化，难怪这种书受到文学史家的鄙视了。

民众总是避开了枯燥的历史，而从通俗文学中去接受一种变了形的历史知识。于是，天下从此多事。

棰楚之下

古代的刑罚十分残酷，花色品种也非常之多，这不能不佩服暴君、酷吏们那种残酷的想象力。《尚书》上已经有所谓"五刑"的记载，已经有"劓""刵""椓""黥"的刑罚名目。《周礼》上有"墨罪五百，劓罪五百，宫罪五百，刖罪五百，杀罪五百"的说法。为什么恰好都是五百，"五百"是泛指很多，还是确数，现在已经说不大清楚。能够肯定的是，西周的时候已经有这些刑罚。

五刑之中，墨刑算是很轻的了，但也要破相。墨刑也就是黥刑。方法是，将犯人的脸割破，在伤口上涂上墨，使之变色。伤好了以后，就会在脸上留下深色的伤疤。据《史记》所载，汉高祖刘邦手下的猛将英布就受过这种刑罚，所以他又叫黥布。他受刑以后，被罚到骊山去给秦皇修陵墓去了。相传汉文帝曾经废除肉刑。他曾规定"当黥者髡钳为城旦春"，即用徒刑来代替，这就文明了一些。魏晋隋唐没有黥刑，宋代将刺墨改为刺字。宋代以后，元、明、清各朝都有刺面之刑。

墨刑已经是破相，劓刑就更令人难堪了。至于宫刑，对受刑者肉体、精神的摧残，就更非墨刑、劓刑之可比。受过宫刑的司马迁在其著名的《报任安书》中痛心地说：

> 故祸莫憯于欲利，悲莫痛于伤心，行莫丑于辱先，诟莫大于宫刑。刑余之人，无所比数，非一世也，所从来远矣。

他自述受刑后"是以肠一日而九回，居则忽忽若有所失，出则不知其所往。每念斯耻，汗未尝不发背沾衣也"！真是字字血、声声泪。读一读《报任安书》，即可以想象出经受宫刑以后那种耻辱、痛苦、自卑的精神状态。

刖刑即断足之刑。据说，在齐国，刖刑的使用很普遍。晏子就曾经对齐景公说："国之诸市，履贱踊贵。"即是说，因为齐国受刖刑的人很多，致使市场上鞋价贱而假足的价格却很贵。当时齐国滥施刑罚的情况，由此可见。

至于死刑，花样也不少。光是翻一下《史记》，就可以知道很多名堂。商鞅、苏秦死于车裂，五马分尸。李斯是腰斩咸阳。荆轲刺杀秦王未成，被体解。所谓"体解"，顾名思义，大概与车裂差不多。至少不会比车裂更好受。白起是"赐剑自裁"。他自己以为是坑杀四十万赵卒所得的报应。蒙恬是吞药自尽，他和白起一样，也找到了自己不得善终的原因。原来是因为他监督修筑的万里长城，断了地脉，才得到了老天这样的惩罚。说客郦生被齐王活活地烹死。侯生、卢生等四百六十个儒生因为对秦始皇的政治说三道四，被活埋了。而秦始皇也因此得了焚书坑儒的恶名。

秦汉以后的暴君、酷吏也不乏创造、想象的能力。五代时，发明了"凌迟"。从人的非要害部位下手，一刀一刀地割。犯人活不成，又不能痛快死去。这样做的目的无非是使犯人的痛苦延展到极限。宋、元、明、清各代，都有执行凌迟的记录。

明代的开国皇帝朱元璋堪称是一位酷刑的专家。凉国公蓝玉被他剥皮，"传示各省"。年轻而才华横溢的诗人高启被他腰斩。张士诚的几个臣僚也被朱元璋刳出肚肠，悬挂示众了。在京军人中有学唱的，竟被他割去舌头。"下棋打双陆的，断手。蹴圆的，卸脚。"祝允明的《野记》上，有这样的记载：

高皇恶顽民窜逃缁流，聚犯者数十人，掘泥埋其头，十五并列，特露其顶，用大斧削之，一削去数颗头，谓之铲头会。

国初重辟，凌迟处死外，有"刷死"，裸置铁床，沃以沸汤，以铁刷刷去皮肉。

有枭令，以钩钩背悬之。有"称竿"，缚置竿彼末，悬石称之。

有"抽肠"，亦挂架上，以钩入谷道，钩肠出，却放彼端石，尸起肠出。

这不是一种兽性的残忍吗？朱元璋对酷刑的嗜好简直到了一种病态的程度。观察受刑者的痛苦和恐惧，成了他的一种娱乐与消遣。

在古代，有了口供才能定罪。刑讯逼供是合法的。李斯就是因为"榜掠千余"以后，受不住刑，才自诬谋反，以致被灭族的。到了汉朝，刑讯逼供已经逐渐规范化、制度化。唐代的酷吏周兴、来俊臣是刑讯逼供的专家，偏偏这样的刑讯专家颇得武则天的信赖。来俊臣每次审讯犯人，不问情节轻重，先用醋水灌鼻，关到地牢里。四周烧火，断绝犯人的粮食。他特意作了十面大枷，名为定百脉、喘不得、突地吼、著即承、失魂胆、实同反、反是实、死猪愁、求得死、求破家。"遭其枷者，闷绝于地，莫不自诬。"每逢快有赦书下来的时候，来俊臣就预先把犯人都杀掉。

刑讯逼供造成了大量的冤假错案。汉人路温舒说的"棰楚之下，何求而不得？"成为千古名言。在古代小说，尤其是公案小说中，问官滥用刑罚，造成冤狱的现象得到了广泛的揭露。《醒世恒言》第十六卷《陆五汉硬留合色鞋》中，这样描写张荩受刑不过、自诬杀人的情形：

太守喝教夹起来。只听得两傍皂隶一声吆喝，蜂拥上前，扯脚拽腿。可怜张荩从小在绫罗堆里滚大的，就捱着线结也还过不去，如何受得这等刑罚。夹棍刚套上脚，就杀猪般喊叫，连连叩头道："小人愿招。"太守教放了夹棍，快写供状上来。张荩只是啼哭："我并不知情，却教我写甚么来！"……太守喝道："一事真，百事真。还要多说！快快供招！"

《警世通言》第十五卷《金令史美婢酬秀童》也写到刑讯逼供。小说写的是，金令史管库房，丢了四锭元宝，四处寻觅，疑心是养子秀童偷了，竟将秀童关进牢里。"秀童其实不曾做贼。"他"咬牙切齿，只是不招"。"众捕盗吊打拶夹，都已行过。见秀童不招，心下也着了慌。商议只有阎王闩，铁膝裤两件未试。阎王闩是脑箍上箍，眼睛内乌珠都涨出寸许；铁膝裤是将石屑放于夹棍之内，未曾收紧，痛已异常。这是拷贼的极刑了。秀童上了脑箍，死而复苏者数次，昏愦中承认了，醒来依旧说没有。"

酷刑还常有极文雅的名称，《醒世恒言》第三十卷《李汧公穷邸遇侠客》中写道：

故历任的畿尉，定是酷吏，专用那周兴、来俊臣、索元礼遗下有名色的极刑。是那几般名色？有《西江月》为证：

犊子悬车可畏，驴儿拔橛堪哀！凤凰晒翅命难捱，童子参禅魂捽。

玉女登梯最惨，仙人献果伤哉！猕猴钻火不招来，换个夜叉望海。

这些名称典雅的刑罚具体指什么，光看这一首《西江月》自然是无法明白的。在《太平广记》上引自《朝野金载》的一段文字，可以明白其中的四种酷刑是怎么回事：

> 唐监察御史李全交等，以罗织酷虐为业。台中号为人头罗刹。殿中王旭，号为鬼面夜叉。讯囚引枷柄向前，名为驴驹拔橛。缚枷头著树，名曰犊子悬车。两手捧枷，累砖于上，号为仙人献果。立高木之上，枷柄向后拗之，名玉女登梯。

都是一些折磨人的花样，难怪小说中要说"可畏""堪哀""最惨""伤哉"了。

在《说岳全传》中，秦桧手下的两员得力干将在审问岳飞的时候，"弄出一等新刑法来，叫做'披麻问''剥皮拷'"。方法是"将麻皮揉得粉碎，鱼胶熬得烂熟"，"喝教左右将岳爷衣服去了，把鱼胶敷上一层，将麻片搭上"，接着"就把麻皮一扯，连皮带肉去了一块"。

重口供、轻证据、定罪必取口供，刑讯逼供乃势所必然。不但酷吏用刑逼供，一般官吏乃至清官也常常要用棍棒去撬开犯人的嘴。包公是料事如神、执法如山的青天了，他也动不动吆喝"大刑伺候"！《三侠五义》第十九回，包公审郭槐。郭槐是"狸猫换太子"一案中的关键人物。如果能从郭槐身上打开缺口，那么整个案子就会迎刃而解。可是，郭槐年老体弱，搁不住大刑。这桩案子关系重大，牵涉到当今太后，所以郭槐宁死也不敢供出真情。这一下包公也犯了难。他虚心地请教幕僚公孙策，问他可有什么办法。结果公孙策为他设计了一种"只伤皮肉，不动筋骨"的酷刑，使郭槐痛苦异常而又不致因此丧生。书中写道：

> 包公接来一看，上面注明尺寸，仿佛大熨斗相似，却不是平面，上面皆是垂珠圆头钉儿，用铁打成；临用时将炭烧红，把犯人肉厚处烫炙，再也不能损伤筋骨，止于皮肉受伤而已。
>
> 包公看了问道："此刑可有名号？"公孙策道："名曰：'杏花雨'，取其落红点点之意。"包公笑道："这样恶刑，却有这等雅名。先生真才人也！"

公孙策是读书人，不知他何以能想出这样的酷刑。然而，究竟是读书人，看他给酷刑取的名字多么高雅。"落红点点"，又是多么充满诗情画意。难怪包公要称赞他是"才人"了。这种新发明的实践效果如何呢？"包公吩咐用刑，只见'杏花雨'往下一落，登时皮肉皆焦，臭味难闻。"这种"杏花雨"对于郭槐来说，当然是毫无诗意的。

在小说来说，本来可以把这种新刑具的功劳归于包公的，可是，在常人的观念中，酷刑的发明者应该是酷吏，包公是不能戴上这顶帽子的。所以，"杏花雨"与那三口御铡的发明权就不能归给包公了。作者权衡来权衡去，酷刑的发明权交给幕僚公孙策比较妥当。皇上钦赐御札三道，公孙策竟敢将御札故意改为"御铡"。这一点最不合情理。作为一个读书人，难道他竟会不知道，欺君是个什么罪名！作者为了让包公不担酷吏的名声，就把御铡的来历作了这样的设计。结果两次酷刑的发明者都是公孙策，而包公两次都成了酷刑的赞赏者。所以，在刑讯逼供这一点上，包公与公孙策只是五十步与一百步之差。

名分与法律

人分三、六、九等，什么等级的人有什么样的待遇，有什么样的讲究和排场。中国的古代社会是如此，后期的社会也是如此。只是在后来的社会中，等级制发展得更加完备、更加充分。名望的满足与权力的大小、地位的高低成正比。法律公开地承认并维护这种不平等，这种情况在明清小说中得到了充分的反映。明清小说中所反映的法律不平等状况是一个大题目，这里仅就大题目下的一个小题目随便谈谈。那便是：从明清小说看妾与奴的法律地位。

· 一、妾的地位没有保障

蓄妾的风气源远流长。在男尊女卑的社会中，蓄妾是对一夫一妻制的补充。妾的地位介于妻、奴之间，低于妻而高于奴。高的时候接近妻，低的时候接近奴。妾的地位既不如妻，所以妾大多出身于贫贱之家，大多是花钱买来也就毫不奇怪了。妻妾地位大致反映了她们娘家各自不同的经济政治地位。

《儒林外史》里写到一个争夺遗产的案子。严监生有一妻一妾。妻子王氏家中有一点势。她的两个哥哥都是秀才。妾赵氏出身卑微，娘家没有什么体面的亲戚。妻妾之间，名分不同。妻是妾的女主人，妾在妻子权力之下。所谓妻妾之道，大意如此。王氏生了病，赵氏"在旁侍奉汤药极其殷勤"，"每夜摆个香桌在天井里哭求天地"。为了要把赵氏扶正，一向悭吝的严监生不得不忍痛拿出大把的银子贿赂王氏的两个哥哥。妾是买来的，根本不能举行婚礼，如今赵氏要扶正，就必须补上这一课，以便把身份正式改变过来。于是，"严监生戴着方巾，穿着青衫，披了红绸，赵氏穿着大红，戴了赤金冠子，两人双拜了天地，又拜了祖宗"。接着，"赵氏又独自走进房内拜王氏做姐姐"。拜王氏做姐姐，并不体现赵氏对王氏的感情，而是明确赵氏那种新的、与王氏平等的身份的一次机会。王氏死了以后，赵氏为了讨好王氏兄弟，"定要披麻戴孝，两位舅爷断然不肯，道：'名不正则言不顺，你此刻是姊妹了，妹子替姐姐只戴一年孝，穿细布孝衫，用白布孝箍。'"到底是读过书的人，说得如此明白。不久，严监生父子相继死去，赵氏的财产继承权暗中发生动摇，关键还是名分。严贡生一口咬住，赵氏是小老婆，根本不承认有扶正一说。所以，尽管府里、县里都怪他多事，不肯支持他。尽管他在乡里树敌颇多，名声欠佳，可是，他依然满怀信心，雄赳赳、气昂昂地一级一级向上告，终于获得了有利的判决。他得到了弟产的十分之七，"仍旧立的是他二令郎"。这桩遗产案说明，妾的财产继承权没有法律保证，即便扶了正，也还是靠不住。

上面说的是涉及财产继承的案件，下面看几个小说中的命案，妾的法律地位就可以看得更清楚了。《水浒传》里的"宋江杀惜"，是一个男子杀妾的案件。阎公"害时疫死了"，阎婆无钱料理丧事，宋江施给她一具棺材。阎婆感激涕零，将女儿婆惜送给宋江做妾。宋江"就在县西巷内，讨了一所楼房，置办些家伙什物，安顿了阎婆惜娘儿两个，在那里居住"，"端的养的婆惜丰衣足食"。作者笔下，宋江娶妾被描写成发善心、做好事，毫无利己的动机。他收养阎婆母女完全是积德行善、怜贫惜孤的义举。现代人看到这里，可能会想到，将女儿的终身作为报恩的礼物，是否合适？婆惜嫁给她所不爱的黑三郎，是否幸福？宋江娶婆惜，是否合乎道德？阎婆惜对宋江没有什么感情，后来也终于出了问题。第三者插足，捆绑式的夫妻终究难以维持下去。刘唐送来的信与金子成为婆惜要挟宋江的硬证，家庭不和一下子升级为政治问题。宋江一怒之下杀了婆惜。他先是侥幸逃脱，亡命江湖，继而结交绿林，终于又落入法网。"宋太公自来买上告下，使用钱帛。那时阎婆已身故了半年，没了苦主；这张三又没了粉头，不来做甚冤家……把宋江脊杖二十，刺配江州牢城。"处分相当轻。按照宋朝的法律，男子杀妾只判流刑，流放一千五百至三千里，无须抵命，何况又遇到了大赦。

杀了妾无须抵命。如果丈夫或妻子被杀，而妾又担了嫌疑，那就绝没有这么便宜。《二刻拍案惊奇》卷二十写了这么一个命案。武进县有个富户唤作陈定，与妻子巢氏、妾丁氏一处过活。巢氏病中，看到丈夫与丁氏相好，一气而死。巢氏的兄弟为了讹一点儿钱，暗中挑动陈定的邻居出首，说巢氏之死，由妻妾不和而引起。官司打到县里，"竟把陈定问了斗殴杀人之律，妾丁氏威逼期亲尊长致死之罪，各问绞罪"。丁氏为了救出丈夫，将罪名揽在自己一个人身上，当晚就在牢里自缢而死。可见，如果妻妾平时不和，妻子又死得不明白，那么，只要妻子一方的亲属揪住不放，做妾的便难免一死。假使丈夫被杀，做妾的又担了嫌疑，那么，妾的处境就更加危险。《错斩崔宁》里的陈二姐，还不是因为丈夫被杀，被刘氏告了一状，说她与崔宁合谋，杀了亲夫，从而糊里糊涂地丢了性命。

·　二、卑微的奴婢身份

妾的地位在妻之下，奴的地位更在妾之下。妾当得好，可以扶正，变成妻。奴婢当得好，也可以升为妾。《金瓶梅》里的春梅，《红楼梦》里的平儿，都是如此。相反，妾一旦失宠，就容易降而为奴。

《金瓶梅》里的孙雪娥，不得宠爱，名义上也是西门庆的妾。事实上，就是一个做饭的家奴。潘金莲动辄便挑唆西门庆打骂她。

在一般的明清小说中，写到奴仆与主子抗争的时候，几乎都谴责奴仆，并丑化他们的形象。在明清小说中，背叛主子的奴仆一般都受到了无情的惩罚与报复。

《初刻拍案惊奇》第十一卷，写到一个家奴胡阿虎，他出首告发主人，说姜客因主人殴打致死。事实上，姜客没死，是船家谎言姜客已死，借此讹几个钱。可是，胡阿虎并不知道底细，他的主人也真以为姜客已死。后来，姜客生还，真相大白。胡阿虎的首告成为诬告。诬告已是有罪，何况是奴仆诬告主人。小说作者忍不住站出来发表议论：

那胡阿虎身为家奴，拿着影响之事，背恩卖主，情实可恨！

书中又借知县之口骂道："你这个狼心狗行的奴才！家主有何负你？直得便与船家同谋，觅这假尸诬陷人命！"其实，所谓"与船家同谋"是天大的冤枉。这是知县为了惩治胡阿虎而硬扣在他头上的罪名。结果自然是不得好死："当时喝教把两人扯下，胡阿虎重打四十，不想那胡阿虎近日伤寒病未痊，受刑不起。也只为奴才背主，天理难容，打不上四十，死于堂前。"

《三侠五义》中有个李保，原来是包公的仆人。包公罢官时，李保拐了点银子跑了。作者又给他安排一件谋财害命的案子。后来，李保被捉拿归案。小说这样描写李保当时的心情："他（李财）也做了七品郎官了。我当初在天官家内，这李财才有多大，谁知这有这般造化！可恨我当初错了主意，如今犯法当官，真是天堂地狱之别！这是自作自受，活在人世，实在的无味了！"最后是用"狗头铡"结果了生命。作者借李保的现身说法，来宣扬奴才哲学。

　　背主家奴为一般的社会舆论所痛恨，所以，张飞骂吕布"三姓家奴"，那是骂得很毒的。

公案中的世态

从《错斩崔宁》谈起

　　《错斩崔宁》是南宋话本中著名的公案小说。收入《醒世恒言》时，题目改为《十五贯戏言成巧祸》。这个题目改得并不高明。原题目突出一个"错"字，说明这是一个"错"案，矛头指向昏庸的问官。新题目强调"戏言"、强调"巧"，冲淡了谴责官府的意义。小说的结论是"颦笑之间，最宜谨慎"，"善恶无分总丧躯，只因戏语酿殃危。劝君出话须诚实，口舌从来是祸基"。这就把小说本身所具有的社会意义说浅了。当然，我们也不必把小说结尾的教训看得太重，读者看完小说，会得出自己的结论。小说的具体描写比作者在作品中的抽象说教更有力量，这就好比《聊斋志异》中的某些"异史氏曰"，也未必说得高明；可是，作品的具体描写却比"异史氏"说出了更为深刻的思想。这就是"形象大于思想"，艺术的形象比作者的抽象说教更有力量。作者真实地描绘了他所观察到的社会现象（艺术的真实），但是他未必能正确地理解这种现象。在这种情况下，艺术形象便将作者推在一边，直接向读者说话。《错斩崔宁》就是这样的一篇作品。

《错斩崔宁》写的是一桩错案、冤案。其实，古代的公案小说中，写冤假错案的相当多，尤其是宋元话本和明代的拟话本。明代以后，公案小说多以歌颂清官为主，粉饰太平，写冤假错案的少了。公案小说与现实的距离加大，作品对民众的同情减弱。古代社会中冤假错案甚多，不难理解。专制独裁，司法腐败，主观办案，刑讯逼供，侦察手段落后。宋代仁宗年间，也就是大名鼎鼎的包公一生活动的主要时期，包公的同时代人范仲淹就在其《政府奏议》中说过：

天下官吏，明贤者绝少，愚暗者至多，民讼不能辨，吏奸不能防，听断十事，差失者五、六。转运使、提点刑狱，但采其虚声，岂能遍阅其实？故刑罚不中，日有枉滥。其奏按于朝廷者，千百事中，一、二事耳。其奏到案牍，下审刑大理事，又只据案文，小察情实，惟务尽法，岂恤非辜！或无正条，则引谬例，一断之后，虽冤莫申，或能理雪，百无一、二。其间死生荣辱，伤人之情，实损和气者多矣。

说得多么痛切，又多么可怕。

又如，康熙是清朝最英明的帝王之一了，可是，只要读一读方苞的《狱中杂记》，则当时司法的腐败情形，即可一目了然。康熙时尚且如此，一般的平庸之主（不必说昏君）在位之时，那种司法的黑暗程度，更是可想而知。

在阅读"三言"的时候，人们常常会感受到作者对小人物的那种深厚的谅解与同情。在《错斩崔宁》这篇写冤案的作品中，这种倾向就更明显了。这篇小说选择的主要角色，都是一些极平常的小人物。可是，作者又把他们写得那么纯朴善良。这是一个三口之家。一家之长刘君荐是一个普通到有点窝囊的人。他读书"看看不济"，改行学生意，"一发不是本等伎俩，又把本钱消折去了"。总之是干什么都不中用。"渐渐大房换小房"，每况愈下。他的妻子刘氏、他的妾陈二姐也是很平常的家庭妇女。然而，作者不但没有嘲笑他们的过不下去，而且对他们的境况充满谅解和同情，说刘君荐是"时乖运蹇"，可惜"说便是这般说，那得有些些好处？只是在家纳闷，无可奈何！"刘君荐的最大优点是"极是为人和气，乡里见爱"。他的最大错误就是酒后生气，与陈二姐开了一个小小的玩笑，说是穷得没法，已将二姐"典与一个客人"。至于陈二姐，更是一个善良单纯的妇女。刘君荐酒后一时的玩笑，她竟信以为真。临走的时候，她特意把十五贯钱，"一垛儿堆在刘官人脚后边"。悄悄出去时，还"拽上了门"。丈夫无端地把她卖了，她竟没有一点怨恨的表示，她只是纳闷、害怕。无可奈何，只好一走了事。至于刘氏，也不是坏人。她一口咬定陈二姐与崔宁谋杀了丈夫，只是一时的判断错误，并非蓄意诬陷。待到后来案情大白，静山大王伏法后，她取了静山大王的头"去祭献亡夫，并小娘子及崔宁，大哭一场"。她平时与陈二姐也相处得可以，妻妾之间也没发生什么矛盾。

这篇公案小说没有像现代的侦探小说那样把罪犯隐藏起来，而是让读者处在洞悉一切的位置上。可是，小说对案子中几处关键的细节交代得十分清楚。例如，刘君荐回家那天晚上的情况，描写得十分详细。刘君荐之所以要吓唬陈二姐，只是因为"一来有了几分酒，二来怪他开得门迟了"。而陈二姐的心理活动，写来尤其细腻："那小娘子听了，欲待不信，又见十五贯钱，堆在面前。欲待信来，他平白与我没半句言语，大娘子又过得好，怎么便下得这等狠心辣手！疑狐不决。"陈二姐晚上不敢行走，去朱三妈家宿了一夜的经过，也交代得一清二楚。

从整个故事来看，刘氏这个人物并不是主角。她的作用是给故事收尾。可是，因为刘氏的命运也颇为曲折，所以要把刘氏写好，写得真实可信，也有一定的难度。在崔宁、陈二姐冤死以前，刘氏的性格还是模模糊糊的，只知道她为人比较随和，与陈二姐一起，相安无事。妻妾之间处到这样，已是少见。她的娘家是个殷实人家。崔宁身上恰好是十五贯钱，正好与陈二姐同行，少男少妇，刘氏因此而认定陈二姐、崔宁谋害丈夫，也是事出有因。丈夫被害、陈二姐屈死以后，她为丈夫守了一年孝，"父亲见她守不过"，就劝她"转身"。刘氏并不"从一而终"，她父亲更是一直劝女儿改嫁。刘氏开始只是因为舆论的压迫而有所顾虑，所以，父亲开始劝她改嫁的时候，她回答的是活话："不要说起三年之久，也须到小祥之后。"即是说，不一定守三年孝，也得服丧满一年以后，否则别人会说闲话的。可见，她与刘君荐的感情也只是一般。寡妇改嫁，当然也是人情合理之事。谁知，刘氏又恰好遇到静山大王，结果仆人被杀，刘氏又做了静山大王的压寨夫人。在这里，刘氏又一次表现出她的灵活性，她似乎听从命运的每一次安排，决心和静山大人白头偕老了。与此同时，她又屡次三番地劝静山大王急流勇退，放下屠刀，立地成佛。这样，作者又写出了刘氏善良、有主见的一面。

待到静山大王说出当年杀害刘君荐及连累陈二姐、崔宁两条人命的情况以后，刘氏心中暗暗叫苦："原来我的丈夫也吃这厮杀了，又连累我家二姐与那个后生无辜受戮。思量起来，是我不合当初执证他两人偿命；料他两人阴司中，也须放我不过。"在这种忏悔心情的支配下，她便毅然地去"临安府前，叫起屈来"。此时此刻，真情的暴露唤起了刘氏对前夫的感情，这种怀恋和悔恨自咎，害怕报应的心理纠缠在一起，得到了细致真实的描绘。最后，刘氏到丈夫灵堂祭献，连同陈二姐、崔宁一并祭祀，大哭一场。后来就看经念佛，"尽老百年而终"。这是关于刘氏最后的一笔，为这篇小说作了一个凄惨、低调的结尾。

宫怨与公案

　　《醒世恒言》第十三卷《勘皮靴单证二郎神》是一篇比较特别的公案小说。这篇公案小说从宫怨写起，这是其一。它的结构颇有一点现代侦探小说的味道，这是其二。

　　这篇小说的大致情节是这样的：宋徽宗时，宫中有一位夫人叫韩玉翘。她年方及笄，便妙选入宫。当时安妃娘娘有专房之宠，韩夫人未沾雨露之恩。春来冬去，韩夫人香消玉减，怨怅郁闷，得了不足之症。宋徽宗得知以后，让韩夫人暂时去太尉杨戬府中，调理将息，以待康复。韩夫人无心回宫，病情时急时缓。她在寺庙祷告，愿得夫君，一如二郎神，便心满意足。庙官孙神通听得此言，便装成二郎神模样，潜入太尉西园，与韩夫人私通情意，结夫妇之好。不久，两人之事为太尉察觉。太尉请潘道士捉拿妖人。孙神通落荒而逃，一只皮靴却被道士一棍打落。开封府缉捕捉事使臣冉贵顺藤摸瓜，几经周折，终于访得妖人下落。孙神通被捉拿归案，凌迟处死。

韩夫人"不合辄起邪心，永不许入内，就着杨太尉做主，另行改嫁良民为婚"。

这样一桩案件，"淫污天眷，奸骗宝物"，其性质之严重，不言而喻。太尉杨戬说："此事非同小可的勾当"。开封府滕大尹听了，更是"吓得面色如土"。可是，作者对于同为案中人的韩玉翘，却十分宽容。孙神通被处以凌迟的极刑，而韩玉翘却几乎是"无罪释放"。她的结局也安排得非常之好："当下韩氏好一场惶恐，却也了却相思债，得遂平生之愿。后来嫁得一个在京开官店的远方客人，说过不带回去的。那客人两头往来，尽老百年而终。"韩玉翘身为宫嫔，却借将养之机，与外人私通密意，结伉俪之好，如此"十恶不赦"之罪人，作者却自始至终用一种同情、理解乃至于赞美的口吻来描写她，小说作者的离经叛道，不是非常明显吗？

这篇小说的中心是破案，可是，作者却用了四分之一的篇幅来写宫怨，写韩玉翘对爱情的渴望。小说一开始，从宋徽宗谈起，据说宋徽宗的前身是李后主。宋徽宗"风流俊雅，无所不能"，而李后主则"风神体态，有蝉脱秽浊，神游八极之表"。这些话细究起来，都不是什么好话。李后主就是因为太风流，陶醉声色，才亡了国，宋徽宗也是如此。所以，将宋徽宗比李后主，是一种恶毒的比喻。当然，两位亡国之君的多才多艺也确乎是事实。写完宋徽宗，作者又顺手叙出宠冠六宫的安妃。由安妃再引出主角韩玉翘。韩玉翘一出场，就是一种可爱可怜的形象。小说对安妃的容貌无一字介绍，对韩玉翘却极力地描摹形容："玉佩敲磐，罗裙曳云；体欺皓雪之容光，脸夺芙蓉之娇艳。"接着又写她的青春虚度、辜负春光的怨怅与痛苦。这些描写，也还没有超出一般宫怨诗所描写的范围。

作者特意写了韩夫人的几次生病。第一次是在宫中。"春光明媚，景色撩人，未免恨起红茵，寒生翠被。"这就是《牡丹亭》中所唱的"原来姹紫嫣红开遍，似这般都付与断井颓垣"。韩玉翘与杜丽娘都苦于一种对爱情的渴望。可是，韩的处境更困难，得到幸福的可能几乎等于零。韩玉翘的第二次生病，是因为听了"一名说评话的先生，说了几回书"。原来评话讲的是红叶题诗的故事，正好触着韩玉翘的心事，难怪她又要大病一场了。第三次是与"二郎神"有关系以后的装病："韩夫人死心塌地，道是神仙下临，心中甚喜。只恐太尉夫人催她入宫，只有五分病，装作七分病，间常不甚欢笑。"由此可见，韩玉翘得的是相思病，爱情就是她的生命。她的精神及身体状况，完全以此为转移。太尉也正是从她的"精神旺相，喜容可掬"看出了破绽。

从皇宫到太尉府第，同样是禁锢人性的坟墓，作者特意点明韩玉翘在太尉府西园形同禁锢的生活环境：

收拾西园与韩夫人居住，门上用锁封着，只许太医及内家人役往来。太尉夫妻二人，日往候安一次。闲时就封闭了门，门傍留一转桶，传递饮食、消息。

虽是太尉夫妇不敢怠慢了韩夫人，可是，那防范也很严谨。一个活泼泼的人，门一锁，宛如关了一只畜生。然而，即使是这样形似软禁的生活也还比皇宫里强，那里拘管得更紧。所以，太尉夫妇看她"容颜如旧，饮食稍加"，打算送她进宫时，她便千方百计地拖延不去。看来，她对皇宫生活是深恶痛绝的，对所谓圣眷是不存任何幻想的。她是另有打算的，她在等待着命运给她的机会，而这个机会也终于来了。"二郎神"居然为她的美貌所吸引，来到了她的面前：

> 龙眉凤目，皓齿鲜唇，飘飘有出尘之姿，冉冉有惊人之貌。若非阆苑瀛洲客，便是餐霞吸露人。

至此，读者不能不怀疑，作者是不是要用超现实的幻想来安排女主角的未来命运。可是，故事的进一步发展很快打消了读者的怀疑。原来"二郎神"是假的，不但是假的，而且"二郎神"的扮演者的形象并不高大。他只是一个玩弄妇女、诈骗财物的妖人。"二郎神"扮演者身份人品的这种设计，使韩玉翘的形象也顿时失去了光彩。原来，韩玉翘将自己的爱献给了一个骗子！可是，在小说作者来说，这可能是一种迫不得已的选择。他似乎又不便于将一位"淫污天眷"的人处理成一个高尚的君子。唐人小说《虬髯客传》，写杨素之妓红拂，半夜私奔，与李靖一起远走高飞。可是，杨素毕竟是人臣，而宋徽宗是天子。看来，《勘皮靴单证二郎神》的作者，还缺乏将"二郎神"设计为正面人物的勇气。正因为作者缺乏这种勇气，遂使小说对韩玉翘的描写上出现了矛盾的现象。一方面，自始至终地同情她、赞美她；一方面，又要丑化她的追求。小说的描写说出，并不是因为孙神通装成神，韩玉翘才委身于他。韩玉翘要找的还是人间的人。作者赋以孙神通以装神的本领，只是为了增加作品的传奇色彩。然而，妖术的描写损害了作品的思想深度。

这篇小说用一半以上的篇幅来写破案。与一般公案小说不同，作者没有急于将真正的罪犯告诉读者，小说几乎将这个秘密一直保留到结尾。破案的功臣也不是包公之类的清官，而是开封府的三都捉事使臣冉贵。冉贵的破案没有神秘色彩，没有鬼魂显灵、没有旋风引路，他只是老老实实地调查研究。首先从皮靴上取得突破。原来靴尖的皮里有一张纸条，上面写着"宣和三年三月五日铺户任一郎造"。于是，找到了第一个嫌疑犯。至此，读者以为马上就要真相大白。可是，作者却又很快将这个嫌疑犯否定了。接着，线索又引向太师府的张干办。投鼠忌器，事情又开始变得复杂起来。太师蔡京是个奸臣，然而，在这篇小说中，他倒很通情达理，不护短，不庇护手下人，与办案人员密切配合。但是，张干办这一个可疑的对象也被排除了。接着，又出现了第三个嫌疑犯——太师的门生杨知县。最后，线索集中到庙官孙神通身上。冉贵为了取得可靠的证据，扮作一个收破烂的，恰好孙神通的一位相好把剩下的一只皮靴拿出来卖。冉贵收了皮靴，与王观察一起，将孙神通逮捕归案。

小说写了宫怨，写了高墙禁锢扼杀不了的爱情渴望，又写了公案。将这两部分内容连到一起的人物就是主角韩玉翘。而作者对韩玉翘的矛盾态度，使这篇小说中"宫怨"与"公案"的结合没有达到完全和谐的地步。

赌博心理学

　　《二刻拍案惊奇》的第八卷《沈将仕三千买笑钱，王朝议一夜迷魂阵》，专写赌博的故事。"入话"部分写赌博赢了他人财物，损了阴骘，减了功名。正文写一伙赌徒"局骗少年子弟"的故事。小说开头的一段议论，分析赌徒心理，头头是道，堪称赌博心理学的纲要。作者写到，赌博自有其巨大的诱惑力量，它可以使人"无明无夜，抛家失业，失魂落魄，忘餐废寝的。朋友们讥评，妻子们怨怅，到此地位一总不理，只是心心念念记挂此事"。赌博之所以具有如此诱人的魔力，乃是因为它利用了人类心理的种种弱点。第一是好逸恶劳、不劳而获的心理。"见那守分的一日里辛辛苦苦，巴着生理，不能勾近得多少钱，那赌场中一得了采，精金白银只在一两掷骰子上收了许多来，岂不是个不费本钱的好生理？"第二是好胜争强的心理。赢了的，"意气扬扬"；输了的，"如今难道就罢"。第三是侥幸取胜的心理。赢了的还想再赢，"高兴了不肯住的"；输了的，寄希望于翻本，"一发住不成了"，"不到得弄完，决不收场"。第四是虚荣的心理。赢钱以后，不敢收摊，"怕别人诮他小家子相，碍上碍下不好住的"。因为赌博一行充分利用了人类心理的种种弱点，所以，一染赌博之习，便容易上瘾。所谓"上贼船容易下贼船难"，不熬个灯枯油尽，也不能撒手。

这篇小说的正文写一个精心设计的骗局。一伙赌棍"挟了几个上厅有名粉头"，借了"内相侯公公的空房"，诡称是什么王朝议家，吃酒赌钱，粉头们则扮作王朝议的姬妾。诈骗的目标是纨绔子弟沈将仕。沈将仕"家道丰厚，年纪又不多，带了许多金银宝货在身边"。他阅历不多，"好的是那歌楼舞榭，倚翠偎红，绿水青山，闲茶浪酒；况兼身畔有的是东西"，正是诈骗团伙下手的最佳目标。而骗局的成功主要在于骗子们掌握了这位纨绔子弟的嗜好与性格，充分地利用了他的心理、性格上的弱点。

这个诈骗团伙的前台人物是郑十哥、李三哥，都是溜须拍马、诳嘴吃的帮闲蔑片之流。他们和沈将仕混了半年，虽是"和哄过日"，"常得嘴头肥腻"，却是未得大的甜头。他们在等待一个发大财的机会，这个机会终于来到了。沈将仕城里玩腻了，要到郊外去散心。这两个骗子借故将郊游推迟了一天。谁知一夜之间，一个骗局已经设计并筹备齐全，这不能不佩服这伙骗子的办事效率。

郑、李二人首先一唱一和，哄沈将仕轻装简从，只叫一个贴身安童，以免碍事。一路上，又安排了几个池塘洗浴的汉子，扮作王朝议家的隶卒，点明郑、李与王朝议家的亲密关系。这样，后来到王家去打扰，就不至于使沈将仕觉得太突然了。果然，不一会儿，郑、李便提出了上王家的建议，说王家"家资绝富，姬妾极多"。并且因为王朝议年老多病，"诸姬妾皆有离心"。这些话，都是投沈将仕之所好而设计的。至此，一场骗局已经显露出大致的轮廓，可怜沈将仕还在做着一睹众姬妾风采的美梦。正所谓"盲人骑瞎马，夜半临深池"。

骗局完全按计划有条不紊地进行，"隶卒们"牵过马来，四人上马，"联镳按辔而行"。递名帖，王朝议的亲切接见，"精美雅洁"的杯盘果馔，殷勤热情的斟酒，主人的"连嗽不止"，难以奉陪。这时，"主人去了，酒席阑珊"，沈将仕"心里有些失望"。他的失望是因为未能见到王朝议那些"皆有离心"的姬妾。他有的是钱，本非为一桌酒肴而来。可是，骗子早就料及于此，故意让粉头的"一阵欢呼掷骰子声"传到沈将仕的耳朵里。在沈将仕的眼睛里，这些粉头"真个个个如嫦娥出世"，作者在这里写出了这个色中饿鬼的馋相丑态。郑、李两个这时进行了成功的配合。李三混入"姬妾"群赌博去了，用沈将仕的话说，是"落在蜜缸里了"。待到沈将仕要求郑十带他入伙赌博时，郑十却故作为难，使沈将仕更加急不可耐、深信不疑。

沈将仕进屋以后，"姬妾"中有人唱白脸，有人唱红脸。唱白脸的故作愤怒："何处儿郎，突然到此？主翁与汝等通家，故彼此各无避忌。如何带了他家少年来，搀预我良人之会？"唱红脸的说："既是两君好友，亦是一体的。既来之，则安之。且请一杯迟到的酒。"这种双簧戏，使的是一打一拉，欲擒故纵、欲迎故拒的手段。为的是杀杀沈将仕富家子弟的骄气，让他乖乖地上钩。

赌博开局后，他们故意让这位傻角大赢，"诸姬个个目瞪口呆，面前一空"。这就大大地鼓起了沈将仕的自信，使他赌兴大发，忘乎所以。"众姬妾"中唱主角的是一个"年最小、貌最美"的小姬。她从屋里抱出一个羊脂玉花樽，装出一副慷慨激昂，要孤注一掷的憨态，其实樽里装满"金钗珠珥"。可怜沈将仕这时候"看见小姬光景，又怜又爱"，哪里还顾得输与赢。具有戏剧意味的是，这时候郑十又故意劝沈将仕急流勇退，见好就收。可是，沈将仕爱面子，生怕在美人面前掉了身价，要装出男子汉的英雄气概。结果是"心意忙乱，一掷大败"，"先前所赢尽数退还"，箱子里茶券子两千多张，也"尽作赌资还了"。这伙骗子见两千银子到手，不敢恋战。这时用得上那位风烛残年的"王朝议"了。"忽听得朝议里头大声咳嗽，急索唾壶。诸姬慌张起来，忙将三客推出阁外，把火打灭，一齐奔入房去。"一场骗局就此结束。沈将仕回到寓所，还在想"老姬赞他，何等有情。小姬怒他，也自有兴"。此时此刻，那伙骗子可能正在庆祝他们的成功，正在嘲笑花花公子的愚蠢呢！更可笑的是，骗子早就远走高飞，傻公子还在等郑十、李三一起再赴胜会。

赌徒心理写得最好的，是清人李绿园的《歧路灯》。《歧路灯》写一个世家子弟谭绍闻。写他如何堕落，越陷越深，屡次反复，几乎不可救药，最后经族人提携、点拨，终于浪子回头。谭绍闻的堕落，是从赌博开始的。他的越陷越深，也与赌博密切相关。只要看看《歧路灯》的回目，便可以明白赌博在谭绍闻堕落过程中的作用："地藏庵公子占兄位，内省斋书生试赌盆"；"谭氏轩戏箱优器，张家祠妓女博徒"；"谭绍闻滥交匪类，张绳祖计诱赌场"；"刁棍屡设囮鸟网，书愚自投醉猩盆"；"虎镇邦放泼催赌债，谭绍闻发急叱富商"。

作者对赌徒心理的描述，极为细腻。谭绍闻在盛希侨家，第一次看到骨牌、色子，"把脸红了，说道：'我不会，不用弄这东西。'"盛希侨"再三催督，绍闻无奈，把色子抓起，面红手颤，掷将起来"，"心里只是跳"。待到赌了一晚，"竟有了'此间乐，不思蜀'的意思了"；"绍闻竟是也不脸红，也不手颤，拿起色子掷了一个两点，心中还想数着一个有情趣的地方"。他的进步真是飞快。谭绍闻第一次赌博并大醉以后，第二天回家"想起昨日丑态，脸上毕竟有些羞意。忽而又想起昨日乐境，心里却也不十分后悔"。在这里，作者对谭绍闻这个刚刚堕落的世家子弟的心理把握得极真实、极有分寸。谭绍闻毕竟是初下水，还有羞耻之心。可是，他意志薄弱，经不起外界的诱惑，尝到了一点甜头，所以，羞惭之余，"也不十分后悔"。

盛希侨虽然不是什么正经人，可他没有害人之心，常常护着谭绍闻，帮助他渡过好几次难关。后来，谭绍闻又结识了夏逢若、张绳祖这帮赌棍无赖，才大大加快了堕落的步伐，而夏、张的主要手段就是引诱谭绍闻参加赌博。夏逢若、张绳祖的伎俩无非是这两招：一是用妓女做诱饵，二是让谭绍闻尝点甜头，然后再狠狠地赢他一把。谭绍闻耳朵根软，夏逢若就死命地夸他："你那聪明，看一遍就会了"，"谭兄聪明出众，才学会赌，就把人赢了。真正天生光棍儿，那得不叫人钦敬"。谭绍闻爱面子，夏逢若就叫他痛快还赌债："贤弟你才成人儿，才学世路上闯，休要叫朋友们把咱看低了，就一五一十清白了他。"

　　赌博是一种顽症，得病容易去病难，去根就更难了。谭绍闻也曾经几次下定决心要戒赌，有一段时期，也真有点浪子回头的样子："这绍闻一连半月，也没出门。夏逢若也来寻了几回，只推有病不见面"。可恨夏逢若，张绳祖这帮地赖放不过他，可恨谭绍闻自己意志薄弱，一误再误。好了伤疤忘了疼，一见赌盆，又技痒起来，终于倾家荡产，熬个灯枯油尽拉倒。具有讽刺意味的是，夏逢若、张绳祖这些人，本来也是体面人家子弟，后来染上嫖赌恶习，把祖业败了。自己下水以后，又来拖别人下水。他们自己有了体会，所以拉别人下水时十分在行，简直是驾轻就熟，百发百中。

真是人间第一偷

　　小偷的历史似乎还没有人系统地研究过。按常理推测，自从人类社会有了私有财产，大概也就有了小偷。倘若财产都归于社会，"天下为公"，也就没有偷的必要。私有财产在中国的起源是在尧、舜、禹的时代。据说，尧比较富有，舜拥有储藏粮食的仓库，禹的父亲曾经筑城保护自己的财产。由此看来，说尧、舜、禹的时代已经有了私有财产，大概是没错的。财产需要加以保护，说明当时已经有了盗劫财物的现象。尧、舜、禹作为传统的圣人，与私有财产的产生，与小偷、强盗的产生联系在一起，自然是令人遗憾的事，但这都是历史的安排。庄子说："圣人生而大盗起"（《胠箧》），竟让他说着！尧、舜、禹离我们已经有四千多年的历史，即是说，小偷的历史和人类文明的历史是同样悠久、同样古老。

　　小偷历来受人鄙视，为人厌恶。一个人，只要有过一次偷窃的行为，便成为终身之玷，一辈子做人不起。可是，偷窃作为一种特殊的技术，也可以移作他用。在历史上，偷窃之用于政治角逐、军事斗争，不乏其例。春秋时代，齐国有个孟尝君，他的门下养了三千多所谓食客。这三千人中间，就包括一些"鸡鸣狗盗"之徒。有一次，孟尝君被秦国所扣留，无计得脱。秦王的一位爱姬放风说，听说孟尝君有一件狐白裘，价值千金。若能将这件狐白裘送给她，她可以在秦王面前说个人情，放孟尝君回去。可是，孟尝君的狐白裘已经献给秦王，收入内库。于是，养兵千日，用兵一时，孟尝君手下的"鸡鸣狗盗"之辈立功的时候到了。他们飞檐走壁，大显身手，果然将狐白裘偷了出来。孟尝君赶忙把这件宝贝衣服献给秦王的爱姬，孟尝君终于获准离开了秦国。

鸡鸣狗盗是历史故事，至于在小说中，窃技之用于政治军事斗争的描写也不乏其例。唐人小说中的《红线传》就是这类题材的名篇。小说写的是，潞州节度使薛嵩与魏博节度使田承嗣之间有矛盾，田强薛弱。薛嵩"日夜忧闷，咄咄自语，计无所出"。这时，薛嵩的侍女红线自告奋勇，要为主人排忧解难。半夜之间，她"往返七百里"，偷来了田承嗣枕边的金盒。她悄悄地潜入田承嗣那戒备森严的节度使府衙，竟如入无人之境。田承嗣得到了这样的警告，也就规规矩矩，不敢再轻举妄动了。

窃贼若是受人派遣，所奔目标并非一般财物，其目的的高尚会使人忘记了手段的卑下。中国人是重动机、轻手段的。当人们读到《水浒传》里时迁盗甲一段，没有一点厌恶、鄙视的感觉，倒是会对时迁的机灵、智谋赞叹不止。其时，呼延灼以连环甲马大胜梁山，宋江为之愁眉不展。最后，汤隆想出派人偷甲，赚徐宁上山，以钩镰枪破连环甲马的妙计。这时候，吴用便说："若是如此，何难之有？放着有高手兄弟在此，今次却用着鼓上蚤时迁去走一遭。"看来，吴用对时迁的智慧、技术充满信任。而时迁的口气也十分自信："只怕无此一物在彼，若端的有时，好歹定要取了来。"竟看作探囊取物一般。小说详细描写了时迁潜入徐宁家中、伏柱卧梁，吹火灭灯、鼠叫猫鸣、轻取雁翎锁子甲的全过程，充分表现了时迁的胆识和高超技艺。

盗贼，尤其是大盗，也不是好当的，不是想当就能当好的。这里面也有学问、有智慧。因为盗窃与反盗窃的斗争不仅是一种善与恶的搏斗，也是一种智慧与技术的较量与竞赛。小偷也是智慧较量、技术竞赛的一方，所以，小说从这种角度去赞美小偷，为他们层出不穷的"智慧"与精湛的窃技唱赞歌也就毫不奇怪了。

《古今小说》第三十六卷的《宋四公大闹禁魂张》，把盗贼宋四公、赵正当英雄来写，官府及其爪牙成了嘲笑的对象；值得注意的是窃贼赵正那种身怀绝技的自信与自豪。《二刻拍案惊奇》的第三十九卷《神偷寄兴一枝梅，侠盗惯行三昧戏》，纯粹是一曲窃贼的赞歌。这篇小说写了两个窃贼，一个绰号"我来也"，一个绰号"懒龙"。在中国的古典小说中，"懒龙"是最为成功的窃贼形象。

作者对"懒龙"一类"神偷""侠盗"充满谅解与同情。作者首先把"我来也""懒龙"之流看作一种人才。书中写道：

> 剧贼从来有贼智，其间妙巧亦无穷。若能收作公家用，何必疆场不立功。

而这一类人才之所以不能用到正途上，作者将其归罪于科举制度狭隘的人才观念：

> 而今世上只重着科目。非此出身，纵有奢遮的，一概不用。所以有奇巧智谋之人，没处设施，多赶去做了为非作歹的勾当。

窃贼本来已经谈不上人品，可是作者认为，像"懒龙"这样的"神偷"，"侠盗"，其为人也不可等闲视之：

> 却是懒龙虽是偷儿行径，却有几件好处：不肯淫人家妇女，不入良善与患难之家；许了人说话，再不失信。亦且仗义疏财，偷来东西随手散与贫穷负极之人；最要蓍恼那悭吝财主，无义富人，逢

场作戏，做出笑话。

小说通过"懒龙"一连串的故事，写出他的为人。世界上都是损不足以奉有余，"懒龙"却是损有余以奉不足。他从商人那儿偷来白银二百两，转眼就把它送给了一对贫穷的夫妻。他从财主那儿偷得一箱金银，"分文不取，也不问多少，尽数与了贫儿"。还嘱咐贫儿："这些财物，可够你一世了。好好将去用度，不要学我懒龙混账，半生不做人家。""懒龙"施恩周济穷人，不但慷慨大度，而且从来不望别人报答。他总是来去匆匆，眨眼之间，影踪全无。作者深有感慨地叹息，像"懒龙"这样的人，也算做穿窬小人中大侠了，反比那面是背非、临财苟得、见利忘义一班峨冠博带的不同。在司马迁的《游侠列传》中也曾经听到过类似的声音。在司马迁看来，"言必信"，"行必果"，"已诺必诚，不爱其躯，赴士之厄困"的游侠比那些口是心非的"全躯保妻子之臣"要高尚得多。

对于"懒龙"的智慧，他的随机应变，作者更是佩服得五体投地。小说中赞叹"懒龙""柔若无骨，轻若御风。大则登屋跳梁，小则扪墙摸壁。随机应变、看景生情。撮口则为鸡犬狸鼠之声，拍手则作箫鼓弦索之弄。饮啄有方，律吕相应。无弗酷肖，可使乱真。出没如鬼神，去来如风雨。果然天下无双手，真是人间第一偷"。作者对"懒龙"出神入化的窃技作了淋漓尽致的描写，可是，他也没有把"懒龙"写成神仙。小说特意写了"懒龙"的几次失手、几次遇险受窘而又化险为夷的故事。这种描写不但不会降低"懒龙"的形象，反而使读者对"懒龙"临危不乱的"神偷"风度留下了深刻印象。对"懒龙"的夸张的描写也显得更加真实可信。

与《水浒传》中的时迁相比，"懒龙"的形象更有深度，性格更为饱满。时迁的一身绝技，他的机智给人留下了深刻印象，但是，时迁的整体形象，他的性格对读者来说是十分模糊的，而"懒龙"的形象则不然。他的重言诺、讲信义、慷慨大度、大智若愚，他的诙谐、富于同情的性格，皆得到了充分的描写，而不是他的绝技。

与《三侠五义》中的众侠相比，"懒龙"让人觉得更亲切。《三侠五义》里的众侠，大多心高气傲，最后又多归顺了官府。效命大宋，得了功名，而"懒龙"则不然。他和官府始终没有建立什么密切的关系。他不蔑视平民；反而，他与平民的关系很融洽，很和谐。他救过一些穷人，却从未以恩人自居。他技艺超人，却从不以此傲人。他从不冠冕堂皇地说教。他并不自卑，也并不把自己看得很高。所以，他说自己"混账"，叫贫儿不要学他。"懒龙"身上保持着平民的气息，保持着平民的善良。

清官的可怕

自从鲁迅的《中国小说史略》问世以后，刘鹗的《老残游记》便一直被当作"谴责小说"来加以研究。鲁迅将《老残游记》以及《官场现形记》《二十年目睹之怪现状》《孽海花》等清末小说称为谴责小说，主要是就它们的暴露性来加以概括的。这些小说"揭发伏藏，显其弊恶，而于时政，严加纠弹，或更扩充，并及风俗"，所以叫作谴责小说。之所以不叫"讽刺小说"，是因为鲁迅认为它们"辞气浮露，笔无藏锋"，"其度量技术"与讽刺小说相比，还差得很远。还不配叫讽刺小说，而只能将就它叫作谴责小说。所以，谴责小说这个名称的本身，是含有一种贬义的。

一部文学作品，可以从不同的角度去看。如果从内容、取材去看《老残游记》，也不妨把它视为公案小说。《老残游记》用老残这个辅助人物将全书情节串联在一起，它写的是"惊官动府"的刑事案件，不是公案是什么。《老残游记》中所描写的玉贤和刚弼这两

　　　　　　　　公案中的世态

位清官兼酷吏的形象，填补了古代小说人物画廊的空白。读过《老残游记》的人，都对这两个比赃官更可怕的清官留下了难忘的印象。即便是仅就这一点而言，也不能不承认《老残游记》在中国公案小说发展史上所占的地位。

公案小说发展到清代，清官成为被歌颂的主角，因果报应成为公案小说中常见的俗套。鲁迅曾经不无讽刺地感叹道：

现在《七侠五义》已出到二十四集，《施公案》出到十集，《彭公案》十七集，而大抵千篇一律，语多不通。我们对此，无多批评，只是很觉得作者和看者，都能够如此之不惮烦，也算是一件奇迹罢了。

正是在公案与侠义合流、公案小说的思想艺术均走入末流的时候，刘鹗的《老残游记》却塑造出玉贤、刚弼这样两个清官兼酷吏的形象，比较真实地揭露出清末司法的黑暗，使公案小说在真实反映现实的基础上恢复了生命。

首先，我们无法否认玉贤、刚弼是清官，"清"就"清"在不要钱，不受贿。清官与赃官的区别不就在一个"钱"字上吗？玉贤把于家父子三人抓起来以后，于的亲家吴举人想去衙门说情。这本是玉贤受贿的好机会，可是，他却传出话来："现在要办盗案，无论什么人，一应不见。"这不是不要钱的证据吗？那位刚毅大人也不比玉贤差。贾魏氏被人诬陷，说是她谋害了公公家十三条人命。"魏老儿家里的管事的却是愚忠老实人，看见主翁吃这冤枉官司，遂替他筹了些款，到城里来打点。"千不该、万不该，托了一个办事糊涂的胡举人。胡举人按照惯例和经验，就去刚弼的衙门行贿说情。他将一千银票和五千五百两银子的欠条交给了刚弼。谁知正好落在刚弼的圈套里，这银票和五千五百两的欠条成了行贿的铁证。一桩冤案弄假成真。公堂之上，刚弼振振有词：

倘若人命不是你害的，为什么肯拿几千两银子出来打点呢？这是第一据。在我这里花的是六千五百两，在别处花的且不知多少，我就不便深究了。

六千五百两银子没有打动刚弼的心，能说他不是清官吗？不但他自己不受贿，他还不让手下的衙役得钱卖情。他在堂上大声警告正在行刑的差役：

你们伙俩我全知道：你看那案子是不要紧的呢，你们得了钱，用刑就轻些，让犯人不甚吃苦；你们看那案情重大，是翻不过来的了，你们得了钱，就猛一紧，把那犯人当堂治死，成全他个整尸首，本官又有个严刑毙命的处分：我是全晓得的。

那位玉贤大人也自有他防止手下人作弊的高招。他那衙门口的十二个站笼，每天站多少人，站的什么人，各人站了几天，都有专门的簿子登记在案。当差役报告他，今日站笼没有空的时候，玉贤大怒，并斥责差役说："胡说！我这两天记得没有站什么人，怎会没有空子呢？"于是，赶忙叫值日的将登记簿找来核实。玉贤查来查去，"没有空，倒也不错的。"看来，玉贤的御下虽然极严，记忆力却不是太好。那十二个站笼也大有供不应求之势。

吴氏在丈夫的站笼前自尽，衙役们为之感动，想为吴氏请旌表，以表彰节烈。玉贤警告他们："谁要再来替于家求情，就是得贿的凭据不用上来回，就把这求情的人也用站笼站起来就完了！"

唯其如此，这两位大人在省里的政声非常好，巡抚大人也要保举他们。可是，这种不要钱的清官其实比赃官还可恶，如作者所说："赃官可恨，人人知之。清官尤可恨，人多不知。盖赃官自知有病，不敢公然为非，清官则自以为不要钱，何所不可？刚愎自用，小则杀人，大则误国，吾人亲目所见，不知凡几矣。"玉贤是远近闻名，办盗案的所谓能员，可是经他的手办的盗，"十个中倒有九个半"是无辜的百姓，那"半"个也是小盗。真正的大盗他连边也摸不着。他门口的十二架站笼，天天爆满。他署理曹州府不到一年，站笼里竟站死了两千人。站了侥幸没死的，也让他用大板子打死。于朝栋一家，被强盗栽赃诬陷，玉贤搞刑讯逼供，一定要逼人家自诬为盗。结果，于朝栋父子三人全部在站笼里站死。老百姓评价这位青天大老爷：

> 玉大人官却是个清官，办案也实在麻力，只是手太辣些。起初
> 还办着几个强盗，后来强盗摸着他的脾气，这玉大人倒反做了强盗
> 的兵器了。

作者告诉我们，像玉贤这样的所谓清官，比杀人放火的强盗，比见
钱眼开的衙役还要可恨。那些衙役，虽说是"公人见钱，苍蝇见血"，
可他们还有良心发现之时。他们"看这于家死的实在可惨，又平白
的受了人家一副金镯子，心里也有点过不去，所以大家动了公愤，
齐心齐意要破这一案，又加着那邻近地方，有些江湖上的英雄，也
恨这伙强盗做得太毒，所以不到一个月，就捉住了五六个人。"结果
"有两三个专只犯于家移赃这一案的，被玉大人都放了"。原来，玉
贤的"清"和"酷"，不是为了百姓，而是因为"急于做大官"，所
以杀民邀功，不惜以人血染红顶子。难怪他要这样训斥差役们："你
们倒好，忽然的慈悲起来了！你会慈悲于学礼，你就不会慈悲你主
人吗？这人无论冤枉不冤枉，若放下他，一定不能甘心，将来连我
前程都保不住。俗话说得好，'斩草要除根'，就是这个道理。"至此，
这个所谓"清官"的凶残、虚伪与自私暴露无遗。

作者进一步指出，杀人放火的强盗也比这种"清官"有良心。

"那移赃的强盗，听见这样，都后悔的了不得，说：'我当初恨他报案，毁了我两个弟兄，所以用了'借刀杀人'的法子，让他家吃几个月官事，不怕不毁他一两千吊钱。谁知道就闹的这们利害，连伤了他四条人命！——委实我同他家也没有这大的仇隙。'"

在玉贤的治下，一片恐怖气氛。"人人都耽着三分惊险，大意一点儿，站笼就会飞到脖子梗上来的！"作者借老残的口说："我说无才的要做官很不要紧，正坏在有才的要做官。你想，这个玉太尊不是个有才的吗？只为过于要做官，且急于做大官，所以伤天害理的做到这样。而且政声又如此其好，怕不数年之间就要方面兼圻的吗。官愈大，害愈甚：守一府则一府伤，抚一省则一省残，宰天下则天下死！"真是恨入骨髓。

作为一篇公案小说，《老残游记》在写法上也有很多值得注意的特点。从结构上看，以往的公案小说，或者如《错斩崔宁》那样，着重写人物命运，而不以破案为叙事的中心；或者如《三侠五义》那样，以清官为主角，写他的公正廉明，写他断狱审案的智慧，这个清官同时起着将故事串在一起的作用。《老残游记》的结构与上面两种结构都不同。作者用辅助人物老残来贯串全书，可是，真正着力写的，是两位酷吏。玉贤与刚弼不是清代一般公案小说中被歌颂的清官，而是被暴露、被鞭笞的对象。《老残游记》的暴露性使它有别于《龙图耳录》《施公案》《彭公案》之类的作品，使后者立即表现出粉饰现实的虚伪倾向。当然，《老残游记》中的正面说教同样有其虚伪的性质。可是，《老残游记》的艺术效果主要是暴露黑暗，否则它也就不成其为谴责小说了。

《老残游记》是长篇小说，可是，它不以某个人、某一家的命运兴衰为线索。老残在小说中既是一个旁观者，又是一个参与者。写玉贤的时候，他只是一个旁观者；写刚弼的时候，他就介入了，但老残自始至终不是小说表现的主角。作者写两位酷吏，主要写他们如何办案，并没有铺开来写他们的全部生活。写玉贤的时候，主要写于朝栋一案的处理。借老残的角度，零零碎碎地一路写去，将道听途说的情况逐渐地写下来，时断时续，最后完成玉贤的形象。写刚弼处理毒杀人命案的时候，又换了一种写法。没有一开始将凶犯点明，而是写老残的破案过程，中间颇多案情的推理分析，显然是受到了西方侦探小说的启迪。小说第十八回写道，白子寿对老残说："这种奇案，岂是寻常差人能办的事？不得已，才请教你这个福尔摩斯呢。"看来，毒杀人命案的侦探破案过程是在有意识地模仿西方的侦探小说。所以，白子寿的审问，老残的调查、推理，都十分注意推理的逻辑性，这就给公案小说带来了新的风貌。虽然这一点在《老残游记》中还不那么明显，因为《老残游记》的主要特色是对现实的暴露与讽刺，可是，西方侦探小说对中国公案小说的影响亦由此可见一斑。

　　　　　　　　　　　公案中的世态

公案文学的绝好素材
——杨乃武与小白菜一案

　　一百多年来，取材于杨乃武、毕秀姑（即"小白菜"）一案的小说、戏剧和曲艺，层出不穷。尽管其中未能产生一流水准的作品，也始终未能引起文学史家的注意；可是，这一案件激起了文艺界持久的创作欲望，这些作品吸引了广大的读者与观众，却是事实。

　　杨乃武、毕秀姑一案确是公案文学的绝好素材。如果通俗文学大家冯梦龙、凌蒙初生在清末，那是一定会把它写进"三言""二拍"里去的。清代的公案文学，就其整体而言，处在一个很低的水平上。思想陈腐，艺术粗劣，形式僵化。陈陈相因，千篇一律。《施公案》这部长篇小说就可以代表清代公案小说的一般水平。可是，正如西方一位名人所说："生活之树常青。"无比丰富和生动的现实生活在每日每时向艺术提供打破僵局的机会，杨乃武与毕秀姑一案就是生活所提供的无数机会之一。在这个案子里，没有包公，也没有侠客；

没有鬼魂，也没有神仙；有的只是真实的生活。

　　杨乃武、毕秀姑冤狱，素称清代的四大奇案之一。其实，案件本身并不奇特。人们最初听到的，是一桩"淫妇"与"奸夫"合谋，"毒杀亲夫"的风流命案。当时发行刚刚一年多的《申报》对此案作了跟踪报道。读一读当时的《申报》，就可以知道，最初的社会舆论对于冤狱的男女主角是何等的不利：

　　禹航某生者，素以风流放宕自豪，不拘绳检，其轶事常流布人口。相传其阃君失欢于生，遭其殴毙，接脚夫人则本属小姨，冒提鞋划袜之嫌而蹈南唐故辙者也。邻有卖浆之妻，小家碧玉，风韵天然，生窃好之，时肆调谑，眼波眉语，相视莫逆，乘间密约，订以中宵……（生）即赴所亲药店购得信石钱余，托言药鼠，密持与妇，且告之以用法。妇犹逡巡不能决，而生日夜促之。妇曰："倘事败，为令君拘去，将奈之何？"生曰："我今已贵，令君其奈我何？"妇意遂决。妇以信石调酒进其夫，卖浆者竟卒。

　　就今天的目光去看，这篇报道严重失实，记者和编辑都得挨板子；可是，考虑到当时的新闻事业正处于起步阶段，能够有闻必录，已经是很不简单了。《申报》在此案的整个报道中，起了积极的作用。

又据李慈铭的《越缦堂日记》、梁溪坐观老人的《清代野记》、祝善贻的《余杭大狱记》、徐珂的《清稗类钞》，可以看出，在浙江士大夫的眼里，杨乃武这位年轻的新科举人，乃是一位"佻达渔色""武断乡曲"，不守本分，"好持吏议短长""恶迹众著"的"无赖习讼"。而毕秀姑的形象，则因为她是一位地位卑贱，又不幸具有一副美貌的弱女子，所以被涂抹得更加不像样子。在当时的传说中，毕秀姑是一位"不安于室"、招蜂惹蝶、左顾右盼、"艳名噪一时"的"余杭土妓"。值得注意的是，甚至在杨乃武、毕秀姑冤狱终于得以平反以后，杨乃武与毕秀姑在饱尝了铁窗风味之后，也未能洗去社会不负责任地泼在他们身上的污水。刑部尚书皂保那份总结的"刑部定案奏折"里，对杨、毕的人品就颇有讥刺：

葛毕氏捏供杨乃武商令谋毒本夫，讯由畏刑所致，惟与杨乃武同住时，不避嫌疑，致招物议，众供佥同，虽无奸私实据，究属不守妇道，应与王心培等各依"不应"重律，拟杖八十；章濬革去训导。杨乃武无与葛毕氏通奸实据，但就同食教经而论，亦属不知远嫌；又复诬指何春芳在葛家玩笑，虽因图脱己罪，并非有心陷害，究系狱囚，诬指平人，有违定律，律应杖一百，止已革去举人，免其再议。

一个是"不守妇道"，一个是"不知远嫌"。共同的罪名是"不避嫌疑，致招物议"。根据是"同食教经"。所以，毕秀姑"拟杖八十"，杨乃武则"应杖一百"，举人头衔革去。瓜田李下，一时注意不到，结果吃三年多冤枉官司，差点落了个"斩立决"。倾家荡产，功名革去，各方面的损失难以估计。总之，事出有因，查无实据，无罪不等于无过。传统社会是没有"人权"一说的，个人的损失，就自己理会吧。皇上给你平反了，你就得三呼万岁，感谢浩荡的皇恩。

从《申报》的报道到刑部尚书的定案奏折，都把杨、毕二人的"不避嫌疑，致招物议"视为冤狱的起因，而把县令刘锡彤的蓄意陷害描绘成误信仵作，一时糊涂。如果刘锡彤是一时糊涂，那么，下面的几件事实就无法解释：为什么尸格一改再改？为什么诱迫药店店主作假证？为什么置案中的众多疑点于不顾？强调杨、毕二人之间那种"莫须有"的暧昧关系，冲淡了冤狱本身所具有的控诉力量，转移了社会对司法界黑幕的注意力，迎合了小市民的庸俗趣味。这种通奸杀人的案件最容易产生耸人听闻的社会效果，成为茶肆酒楼、街头巷尾的热门话题。小市民的神经为辛苦的劳作所麻木，为满腹的牢骚所烦恼，他们需要这类话题来刺激一下，给无聊如白开水的生活中增加一点咸味。事实上，杨乃武的吃亏不在他的"不知避嫌"，而在他的"好持吏议短长"。地方钱粮的弊端，杨乃武曾经加以控告。

平民有冤，求他写张状纸，他也一口答应。杨乃武因此而得罪了县令刘锡彤、粮官何春其等人。可悲的是，杨乃武自己却浑然不觉。一个县令可以大作假证、伪证，置一个新科举人于死地，知府陈鲁、巡抚杨昌濬、钦差大臣胡瑞澜，或刚愎自用、固执己见，或首鼠张皇，塞责敷衍，官官相护，草菅人命。明知此案疑点丛生，漏洞百出，仍然执意回护，维持原判。审问中又滥用刑罚，甚至法外用刑。杨乃武是拷打得体无完肤，毕秀姑则"锡龙滚水烧背，火烧铁丝刺乳"，只怕周兴、来俊臣有知，也要自叹不如。

杨乃武、毕秀姑一案的前前后后，充分暴露了清朝末年司法的腐败与黑暗。御史王昕的奏折中就揭露道：

臣惟近年各省京控，从未见一案平反，该督抚明知其冤，犹以怀疑误控奏结。又见钦差查办案件，往往化大为小，化小为无，积习瞻徇，牢不可破。

发人深思的是，这样一种"牢不可破"的"积习"，为什么竟让杨、毕一案打破了呢？杨、毕一案的平反，有多方面的推动力。例如翁同龢、吴同善等人的仗义执言，浙江士绅的联名上书，《申报》所制造的舆论压力，杨乃武姐姐的屡次京控，外国某公使的议论，都起了积极的作用。然而，最重要的原因是，慈禧太后要借助杨乃武、毕秀姑冤狱的平反，煞煞杨昌濬这样的地方实力派的气焰。这一点从御史王昕的奏折中看得极为清楚。

王昕没有把杨、毕一案看成一般的刑事案件，而是从这一案件的处理看到地方各级官吏对朝廷的态度。王昕把问题提高到这样一种原则高度上来分析，所以他的奏折口气严厉，措辞严峻，并非一般就事论事的寻常奏折可比。王昕的奏折来头大，有背景，针对性非常强。一开始就提出：“臣愚以为欺罔为人臣之极罪，纪纲乃驭下之大权。”这可以认为是王昕奏折的纲。接着，王昕就指出，皇上之所以反复求详，是为了“伸大法于天下，垂炯戒于将来”，“不止为葛毕氏一案雪冤理枉已也”。这就把杨乃武、毕秀姑一案平反的重大政治意义说清楚了。紧跟着，王昕就径直将矛头指向巡抚杨昌濬、学政胡瑞澜。其中关键的几句是，胡瑞澜“是明知此案尽属子虚，饰词狡辩，淆惑圣聪，其心尤不可问”。他又指责巡抚杨昌濬“于刑部奉旨行提人证，竟公然斥言应取正犯确供为凭，纷纷提解，徒滋拖累。是直谓刑部不应请提，我皇上不应允准，此其心目中尚复知有朝廷乎？”王昕在这里强调的，不是胡、杨二人对刑法、对百姓的态度，而是他们对朝廷的态度。王昕在奏折中还进一步推论：“臣揆胡瑞澜、杨昌濬所以敢于为此者，盖以两宫皇太后垂帘听政，皇上冲龄践祚，大政未及亲裁，所以藐法欺君，肆无忌惮。”王昕说的，正是慈禧想说而又不便说的话。一个小小的御史，竟敢直斥封疆大员，王昕的后台是谁，不是不言而喻吗？切不可以为王昕是在小题大做，这正是杨、毕冤案得以平反的最重要的原因，即是说，杨、毕一案的平反适合了慈禧太后的政治需要。表面上是刑部与巡抚、钦差为难，实质上是朝廷与地方实力派的较量。冤狱的平反打击了地方实力派的气焰，又"仰见我皇上钦恤用刑，慎重民命之至意"，真可谓一箭双雕。

王昕的奏折把此案平反的必要性阐述得一清二楚：

> 惟念案情如此支离，大员如此欺罔，若非将原审大吏究出捏造真情，恐不足以昭明允而示惩儆。且恐此端一开，以后更无顾忌，大臣倘有朋比之势，朝廷不无孤立之忧……庶几大小臣工知所恐惧，而朝廷之纪纲为之一振矣。

因为杨乃武、毕秀姑一案具有如此重大的政治背景，所以，这样一桩小小的案子竟搞得朝野注目。自封疆大员以下数十名官员受到了处分，撤职的撤职，充军的充军。刘锡彤用毕秀姑为"矢"，去射杨乃武这个"的"。慈禧用杨乃武、毕秀姑一案为"矢"，去射地方实力派这个"的"。刘锡彤没能如愿，发配到黑龙江去了。而慈禧却在这次政治较量中胜利了。杨、毕一案的政治背景使它包含了较之一般冤假错案更加丰富的社会内容，也使人们不至于因为此案的平反而对清末司法的腐败有所怀疑。

杨乃武冤狱的平反不但具有政治背景，而且这种政治背景还带有一点时代色彩。洋人的参与，是其一；《申报》的介入，是其二。这都是清末才可能发生的事。梁溪坐观老人所著的《清代野记》上记着：

会有某国公使在总署宣言："贵国刑狱不过如杨乃武案含糊了结耳！"恭亲王闻之，立命提全案至京，发刑部严讯。

徐珂的《清稗类钞》上也有类似的记载。

《申报》对于杨、毕一案，自始至终作了详尽的报道。对案件审理中的朦胧之处，多有披露，显示了报纸制造舆论的强大力量。值得注意的是，《申报》对司法透明度的再三呼唤：

缘审断民案，应许众民入堂听讯，众疑既可释，而问官又有制于公论也……若葛毕氏一案，本馆一闻饬部提讯，便一大叹，自疑曰：使部欲秉公复审，则其先何必惮于众听而严密关防乎？

《申报》的呼唤无疑是受到了西方司法民主意识的启迪。这种呼唤无疑有利于民众民主意识的培养。从《申报》可以看出，《申报》的有闻必录招来了一些势力的嫉恨：

迨以列报，闻浙省官员亦皆见之，若能少动天良，或者犹可另讯；反谓《申报》向来喜列谣言，不惟不肯见听，且欲污蔑《申报》，意图禁止。

洋人的参与，《申报》的介入，丰富了故事的时代色彩，这些都是对文学创作有利的条件。

杨乃武、毕秀姑一案不但包含丰富的社会内容，具有一定的政治背景，而且其中的很多人物也很有个性，容易加工成为文学的形象。杨乃武的锋芒毕露，自负自信，他的好抱不平，处理人际关系的随便，都有很多材料可写。他在钦差审问的大堂上那一篇话，真是理直气壮，慷慨激昂：

严刑之下，何求不得？某既被人诬攀，原想见官之后定能公断是非，再不想今日官官相护，只知用各种非法之刑。某理直气壮，问心无愧，岂肯招认乎？至于前供，亦是问官刑逼万分，某因痛极，只得妄招。至第二、三次讯问时，某以天日重开，万不料事出一例，承问官都是一副刑求本领，杨乃武如何经受得起，只得拼将一死而已。今知大人奉旨提问，某以为大有生机，如其又将严刑呵吓，则某已受尽苦楚，只得又招认矣！

这里有控诉、有斥责，有屈打成招的苦衷，可是，没有乞求，没有自卑。这样的供词，本身就富有文学色彩，很能表现杨乃武的性格，也相当真实。至于冤狱的女主角毕秀姑，也有很多东西可写。她那不幸的童年、不幸的婚姻，她的单纯、幼稚，受尽欺凌而又自己背负着舆论的谴责与蔑视，她的轻信他人，以及她逐步走向坚强、清醒的过程，她那削发为尼的悲惨结局，都是文学的好题材。

此案的反面人物中，也颇有一些有个性的角色，完全可以避免漫画式的、公式化的处理。县令刘锡彤就有很多戏剧性的地方可写：

闻其先两次赴刑部质询，自恃年老，咆哮万状，至庭诟问官谓："我乃奉旨来京，督同检验，非来就鞫。若曹乃先录我供词，何愦愦作司官耶！"其门丁惧罪，直供如何捏饰毒状，如何勾串药证；锡彤直前，奋拳殴之，问官叱之，乃自摘其冠掷地曰："我已拼老命矣，若参革我，处置我可也。"问官诘以"所填尸格，何以先曰'口鼻流血'，后改'七窍流血'？探喉之银签何以不如法洗涤？"皆瞠不答。其强狼如此，昨日乃觳觫无人色，口齿相击有声。此辈豺狼之性、

　　　　　　　　公案中的世态

犬羊之智，刀未在颈，尚欲噬人；一闻执缚，摇尾帖耳，言之可为愤绝。

《越缦堂日记》上的这段记载记下了这个"豺狼之性、犬羊之智"的"父母官"在刑部大堂上的丑恶表演。这些都是现成的材料，稍作加工，便可展现文于文字或舞台。

杨乃武、毕秀姑一案曲折的平反过程，以及这一过程中的多次反复，为作家处理作品的结构提供了依据。这桩案件大致有三次高潮。杨乃武被捕，是第一次。这时候，被捕的真正原因还没有暴露，可以用追忆的手法补叙出杨乃武与刘锡彤、何春芳的纠葛，补叙交代杨、毕二人的关系，交代毕秀姑的身世、婚姻。胡瑞澜的审讯是第二次高潮，胡瑞澜身为钦差，外示严厉，内施宽纵，杨乃武又一次燃起平反的愿望，很快地又破灭。海会寺的验尸，场面浩大，"届期，刑部满汉六堂、都察院、大理寺并承审各司员皆至；顺天府二十四属仵作到齐；又有刑部老仵作某，年八十余，亦以安车征至"，当时"观者填塞，万头攒望，寂静无咳"。当"直省仵作与浙省原仵作同称无毒"后，"两旁观者欢呼雷动"，叫"青天有眼"者不绝。此时此刻，刘锡彤"咨嗟踯躅，神色惶遽，免冠而自跪于提牢厅前求救命，叩头有声"。这一水落石出的验尸场面，显然是全案的总高潮。全案的各色人物，都可集中于此时此地。在三次高潮的中间，可以穿插各种背景情况的介绍，以及此案在社会上引起轰动的情况。最后，可以简洁地交代一下毕秀姑入庵为尼的结局，杨乃武革去功名后，在家著书《虎口余生》的情景。

尽管取材杨、毕之案的文艺作品已经很多，然而潜力并未挖尽，仍有再创作的余地。